新 潮 文 庫

俺たちは神じゃない

麻布中央病院外科

中山祐次郎著

目次

俺たちは神じゃない

麻布中央病院外科

第一章　大出血

「先生、すみません、いま輸血が追いつかない状況で」

「わかった、すぐ行く」

今度はどこから血が出ているのか。手術室看護師《オペかん》の電話の声は切羽詰っていた。念のため同期の外科医、松島直武《まつしまなおたけ》にも電話をしておこう。松島は胃も肝臓も大腸もヘルニアも、なんでも手術ができるオールラウンダーだ。確か今日のオペは朝から胃全摘《トーターレ》の一件だから、もう終わっているはずだ。

剣崎啓介《けんざきけいすけ》は早歩きで外科外来のドアを開けると、少し空《す》いてきた夕方の一階ロビーを突っ切ってエレベーターホールに向かった。先ほど診察した白いポロシャツ姿の高齢の男性患者が、あれ、剣崎先生、と会釈《えしやく》をする。歩きながらどうも、と答える。背が高い剣崎は、だいたいの患者からは見上げられるような形だ。筋肉トレーニングを定期的にやっているおかげで締まっているこの体を包む白衣の前は、開けていることが多い。ナルシシズムではない、面倒なのだ。

剣崎はエレベーターを待ちながら、病院から支給されたスマートフォンをポケットから出した。

「もしもし」

「おーどしたん？　外来終わった？」

野太い陽気な声だ。

「うん、今ちょうど終わったんだけど、まっちゃん今日ってオペもう終わってるよね」

後ろで何人かの女性の笑い声が聞こえる。またナースの休憩室にでもいるのだろうか。時間があるといつもナースたちとふざけているのだ。

「ないよ。どしたん、また泌尿器科《ウロ》が大出血でもしたん？」

この男、いつもながら勘が良い。

「いやそうなんだよ。なんか血が止まらないんだって。今日はついでに腸にも穴があいたらしくて」

ハッハッハ、と電話の向こうから大きな笑い声が聞こえる。

「それで剣崎大センセイのお出ましって訳か」

「うん、なんで俺に電話が来るのかわからないんだけど」

「おっしゃ、じゃあやったるか。今から一件病状説明《ムンテラ》があるから、早めに終わらせて手術室《オペ》行くわ」

「すまん、助かる」

まだ腹の中を見たわけではないが、大出血ならば若手を呼ぶより松島とやったほうがいいだろう。予測不可能で応用力が問われるこういうケースでは、松島レベルでないと歯が立たない。

やっと来たエレベーターに乗りこみ、4階のボタンを押す。ほかに誰もいなかったら「閉」のボタンを連打するのだが、パジャマ姿に点滴棒を押した男性がこちらを見ている。剣崎は軽く会釈をした。


東京、港区。芝公園近く。大病院と言ってもいい大きさの、13階建ての敬愛会麻布中央病院。建て替えてまだ数年の、まるでオフィスビルのような近代的なビルだ。約600床の「アザチュウ」には、およそ200人の医師が常勤として働いており、内科、外科にはじまり、脳外科、整形外科、耳鼻科、眼科、小児科など、ほぼすべての科が揃《そろ》っている。すぐ近く、歩いて行ける距離にもいくつかの大学病院がある立地だが、地元の人は大学病院ではなく「アザチュウ」を好んで受診する。最先端の医療機器をどんどん取り入れる一方で、どこか温かみもあるこの病院は、最新と歴史がうまく融合している、と剣崎は思っていた。外科医としてこのアザチュウで働いて10年になる。

1階から2階。2階から3階。エレベーターはゆっくりと各階に停まっていく。剣崎は無機質な階数表示の数字を睨《にら》んだ。いつもながら思うが、この病院を建て替えた時になぜ緊急用のエレベーターを1台作らなかったのか。大出血を止めに行く外科医と、院内をリハビリがてら散歩する患者が一緒に乗ってどうするのだ。

そんなことを考えても、エレベーターは速く進むわけではない。しかし剣崎はこういう状況が訪れるたびに考えずにはおれなかった。

3階で男性が降り、エレベーターは4階についた。

エレベーターのドアが開くと、早歩きで手術室入り口の大きな自動ドアを開けた。いつものことだが、手術室に入った瞬間に空気が変わるのを感じる。室温が違うからなのか、壁の色が薄緑色に変わるからなのかはわからない。ただ、頬で感じるこの変化が好きだった。

急がねば。泌尿器科《ウロ》の出血は、時に命に関わる。彼らの技術だとうまく制御《コントロール》出来ていない可能性がある。1秒遅れればそれだけ出血がかさむ。着替えて手を洗って、最短で3分くらいか。外来中我慢していた小便をしたい気もしたが、その余裕はない。最速で腹の中に手を入れ、まずは出血点を押さえるのだ。

剣崎は歩きながらネクタイを外すと、更衣室入り口の棚からブルーの手術衣を取った。いったい何年使っているのか、洗濯を重ねてペラペラに薄くなった手術衣は、着るとわずかに体が透けてしまう。経費削減だか何だか知らないが、いい加減早く買い替えて欲しいものだ。

手はワイシャツのボタンを外しながら、同時に足だけで靴下を脱ぐ。外来日だからワイシャツにネクタイというきちんとした服装なのが苛立《いらだ》たしいが、それでも30秒もかからず着替えを終えた。

更衣室の出口で手術室用サンダル——といってもよく居酒屋のトイレで見るただの青いツッカケだが——を履くと早歩きで手術室3に向かった。

そろそろ平常心だ。腹の中を見る前に、冷静に、と言い聞かせる。しかし焦《あせ》りは箇単に鎮まらない。こういう1秒を争うような処置は好きではない。何週間も前から存分に準備をして、10も20もいろんな危険の可能性を考えて、それから臨むのがいい。

手術は、地雷原を突っ切るのと似ている。見えない地雷が１００、２００と埋まっている。どこに埋まっているかはほとんどわからない。だから歩き方としては、慎重であればあるに越したことはない。しかし後ろから敵が迫っていたら、走って渡らざるを得ないこともある。99個すり抜けても、一つ踏んでしまったらアウト、患者は死亡する。

手術室3のドア横のキックボタンを蹴《け》り、ドアを開けるとぎょっとした。50平米ほどの、手術室としては中くらいの広さで、薄緑色の壁に囲まれたそれほど天井の高くない部屋に10人以上も人がいる。中央のベッドに横たわった患者の頭のほうに大きな麻酔器と緑の麻酔科医用スクラブの麻酔科医が3人、動き回るえんじ色のスクラブの看護師が3人、ブルーの手術ガウンを着た泌《ひ》尿器科《にょうきか》医が何人か、あと誰だかよくわからない者が2、3人。みな慌《あわ》ただしく動いている。

「どうですか」

高い足台を2段上り、お腹《なか》の中を覗《のぞ》き込むと真っ赤だった。

「おお！　外科の剣崎先生、すみません本当にお忙しいところ。いつもいつも、いやあー」

小さい目をこちらに向けて挨拶《あいさつ》をするのは、つい3ヶ月前から医局派遣でこの病院に赴任してきた泌尿器科のナンバー2、稲田《いなだ》耕二《こうじ》だ。年齢は少し剣崎より上のようで、泌尿器科と外科は扱う臓器が近いこともあり、相談をよく受けていた。ずんぐりした背の低い体に細い手足をしていて、まるでじゃがいもに爪楊枝《つまようじ》を4本刺したような風体をしている。廊下などですれ違うと妙に慇懃《いんぎん》なこの男、なんでも目覚ましい研究結果を出したということで、大学医局でも出世頭らしい。しかし臨床はイマイチとの前評判通り、手術が遅くて出血量が多く、さらに上手《うま》くいかないと看護師に当たり散らすことから、手術室看護師からの評判は最低だった。ぽっこりと出た腹は、ガウンを着ていてもわかるほどだ。

「どのへんから出てます？」

「実はけっこう奥の方でして！　ちょっと見づらくてすいません、だいぶ奥なんです。いや、この患者さんちょっと歳《とし》なんですけど、農家の人ですごく元気で。家族もこのおじいちゃんのこと大好きで熱心なんで、じゃあ手術やっちゃいましょう、なんてなりまして」

何を言いたいのかよくわからない。

「わかりました、手、洗ってきます」

そう言って足台を降りると、輸血を準備している小柄な看護師に小声で尋ねた。

「いくつ出たの」

看護師は無言で指を3本立てると、帽子とマスクに挟まれた眉《まゆ》をしかめた。３００0ミリリットル出血したということだろう。男性の血液は全部で３５００ミリリットルくらいだから、だいたいすべて出切ってしまったことになる。その分は輸血を大量に使ってなんとか生命を維持しているのだ。

３０００級の出血は外科でもしばらく見ていない。しかもどうやら今も出続けている。急ごう。まっちゃんが来るまでは、あの稲田と一緒にやるしかない。

看護師が小さい声で言った。

「途中まではうまくやってたんです、まあ稲田先生も上機嫌で下の先生にちょこちょこやらせたりして。ですが、前立腺《ぜんりつせん》のところ、奥の静脈でしたっけ？　あそこで突然大出血しちゃって。あそこ、稲田先生はいつもお出しになるのです」

電子カルテのモニターには、患者の年齢は82歳と表示されていた。手術申し込みには膀胱癌《ぼうこうがん》とある。となりのＣＴ画像が映されたモニターには膀胱の腫瘍《しゅよう》が大きく映し出されている。おはぎと羊羹《ようかん》と岩石の混じり合ったような、得体のしれない地下の生物のごときごつごつした腫瘍は、膀胱の隣の前立腺にも食いついているようだ。膀胱と前立腺、そして精嚢《せいのう》という臓器を全《すべ》て切除する手術で、泌尿器科の中でも一、二を争う大きな手術だ。早くても5～6時間はかかる手術である。今日もきっと朝からやっているのだろう。

つまり、この高齢者の下腹部を大きく20センチほど開け、膀胱全摘術をやっていたところ、途中の難所で大出血をしてしまったということに違いない。

手術室を出て大急ぎで手を洗うと、もう一度キックボタンを蹴った。自動ドアが開く。数分前と同じ戦場のような光景がそこにある。だいたい麻酔科医が3人も一つの手術にいる時点で異常事態だ。よほど急に出血し、血圧も下がったのだろう。

「ガウン」

看護師が手際《てぎわ》よく青い滅菌ガウンを着せる。待ちきれず、着終わる前に滅菌手袋を着けはじめる。

「吸引の管、2本出てなかったら出しといて。デバイスは、ソフト凝固《ぎょうこ》出てなかったら部屋に持ってきといて」

早口になる。

「あー先生どうもどうも本当にすみませんー！」

稲田は営業マンのような口調で言うと、「ほら、剣崎先生と代われ」と目の前のひょろりと背の高い若手医師に命じた。

稲田の向かい側に立つ。患者の腹の中を覗きこむと、血がみるみる湧《わ》き上がってくる。

「吸引《サクション》」

すでに血だらけの吸引管を持ち、剣崎は血を吸いながら出血しているところを探る。大雨の翌日に排水溝が立てるような、血を吸う大きな音が手術室を占拠する。

真っ赤というよりは少し黒ずんだ血液のたまった腹。患者の腹はへその上から白い恥毛まで縦一直線に大きく切られ、その創は開創器という銀色の金属製の大きなフックで左右に大きく強引に広げられている。そのフックにも、広げられた腹にも、あちこちに血がこびりついている。

創の中には、円錐《えんすい》を逆さにしたような、おおきな漏斗状の骨盤腔《こつばんくう》があるはずだが、血が溜《た》まっていてなにも見えない。

どこだ。どこに出血点はある。骨盤では、血がすぐに溜まってしまいどこから血が出ているのか分かりづらい。しかし出血点が見つからなければ、止めようもない。吸引で血を吸い尽くしたほんの一瞬、その瞬間に、出血点を見つけなければ絶対に止められないのだ。泌尿器科《ウロ》の医師たちが止められなかったのだから、出血しているのは奥深くだろう、そして1ヶ所ではなく2ヶ所以上ある可能性だってある。

吸引の音が再び手術室に響く。剣崎は意識を骨盤の中に集中させた。自らの体が米粒ほどまで小さくなっていき、その狭い骨盤のトンネルに小さな戦闘機に乗って入っていく。注意深く周囲を見渡し、敵を、出血点を探るのだ。

「ガーゼ」

「ドゥベーキー」

「吸引管もう一個」

矢継ぎ早に看護師から道具を受け取る。顔を向けずに手だけで貰《もら》うため、今日の手術室看護師《オペ看》が誰なのかはわからない。が、テンポよく出すところを見るとだいたい誰かは想像がつく。

「いや、先生すみません、ほんと全然止まらなくなっちゃって。こんな時間に参りますな」

稲田がまた呑気《のんき》なことを言っている。

骨盤腔に溜まった血が吸われていき、次第にいろいろな構造物が顕《あらわ》になる。ピンク色の直腸、それをとりまく黄色い脂肪、そして足に向かう唯一《ゆいいつ》の血管である、親指くらいの太さの外腸骨動脈……それらはすべて鮮やかな紅色の血で薄汚れている。

ここだ。

2ヶ所から出ている。血の出かたからいって、おそらく前立腺を取るときに縛らねばならない太い静脈たちだろう。確かに骨盤の奥の奥、とても見辛《みづら》いところの血管である。ここの静脈叢《じょうみゃくそう》を、バンチング鉗子《かんし》という特殊な道具でうまく集簇結紮《しゅうぞくけっさつ》するというのがこの手術の最大の山場である。それに稲田は失敗したのだ。あるいは一度は出来たが、いじって再出血させたか。

さてどうするか……3センチほど離れた2ヶ所から、血が吹いているのだ。2ヶ所だと、稲田とうまく息を合わせなければとてもじゃないが止められない。しかし止めないといつまでも血は出続けるだろう。骨盤の奥は、角笛を太いほうから見たような形になっている。その狭いトンネルの奥の奥に、3ミリほどの穴が二つ開いているのだ。止血するためには針と糸で縫う必要がある。ひとまずは自分の指でおさえて止め、時間を稼いで松島を待つか。問題は、指で止まるかどうかだ。俺にできるだろうか……しかし迷っていても血は止まらない。これ以上出血がかさんだら術後死ぬ可能性が高くなる。どうする。止められるのか。いや、やるしかない。稲田には止められない。

剣崎はおもむろに右半身を前に出して体を半身にすると、両手を患者の腹の中につっこんだ。さっき一瞬見えたイメージを思い浮かべつつ、指先でわずかに感じる感触とイメージを合体させて出血点に向かう。その2秒ほどの間にも、血はみるみる湧き上がり、あっという間に血の海になる。出血点は溜まった血で見えない。

「よしっ！」

思わず大きな声が出てしまった。

「いま手で出血点をおさえました、周り吸引してもらえますか？」

「はい！」

稲田がつられて大きな声で返事をする。再び吸引管が血を吸っていく。今度は吸えば再び湧き上がらないはずだ。湧き上がったとしたら、まだ出血点を押さえられていないことになる。どうだ。

「おー、止まったっぽいですねえ」

稲田が緊張感のない声を出した。たしかに血は湧き上がってこない。ふっ、と息を吐くと、背中にじっとり汗をかいていることに気づいた。緊張が少しほぐれる。とりあえず自分の両手さえ動かさなければ、この患者はすぐ死ぬことはない。

「さて、と」

口には出したものの、次のプランはまだなにも考えられていない。どうしたものか。俺の両手はふさがっていて、離すことはできない。どちらか一つをこの稲田が押さえられれば片手が空くので、指ではなくなにか道具で押さえることができそうだ。そうすれば、今は自分の両手で見えていない出血点が見えるようになるだろう。しかしこの稲田にそんな芸当が出来るだろうか。

「先生、ちょっとここから、できたら先生の右手で1ヶ所を押さえてもらっていいですか？　そこを自分がツッペルに代えますので」

言いながらちらとモニターを見る。血圧は90はあり、心拍数は100だ。これならまあ、少しくらい出血してもすぐ心臓が止まることはないだろう。

「は、そうですか」

稲田は他人事《ひとごと》のような返事をした。確か年上だったはずだが、大丈夫だろうか……。

「先生、出血点はこの裏のこの辺りですので……直接は見えません、分かりづらいのですが」

「はあ」

顔を見ずとも、ピンと来ていないのは伝わる。それでもやるしかない。

「それでは、手を外しますね、せーの」

剣崎は出血を止めていた右手をぱっと離すと、勢いよく骨盤から引き抜いた。赤い鮮血が吹き出て、骨盤の中にみるみる溜まっていく。もうひとりの若い泌尿器科医が、剣崎の隣から手を伸ばし吸引管を入れて血を吸おうとするが、うまく出血点を吸えていない。すぐに骨盤の中は真っ赤になり、何も見えなくなってしまった。これでは止血はできない。

「吸引借りますね」

剣崎が空いた右手で吸引管を持つと、みるみる血液が吸われていった。

「あれ、くそ」

それでも稲田にはうまく血が止められない。ジュボボボという音を立てて血が吸われ続ける。

「ここ？ ちがうの？」

「そうです、もう少し上で、はい、その奥の」

だめだ。この男、まったく見えていない。俺に見えるこの景色が見えないのか。直接出血点が見えなくとも、血の吹き出す角度や強さを見て、立体的なイメージを瞬間的に頭で構築する。そして構築されたイメージのなかに手を入れていき、イメージと自分の手の位置覚をすり合わせていく。これを1秒以内にやるのがプロの外科医だ。このままあと5秒もしたらかなりの出血になる。

……だめだ。

「すいません僕押さえますね」

口調こそ丁寧だが、右手をつっこみ稲田の手を強引に押し出すと、出血点を押さえた。すぐに出血は止まったようだ。

どうする。

ただ200ミリリットルほど無駄に出血しただけじゃないか。さて困った。このまま両手で押さえ続け、麻酔科にじゃんじゃん輸血してもらって、松島を待つか。止血にアタックするか。最善の手はなんだ。名も知らぬこの患者を死なせないための最善の手は。無理はできない。しかし時間的猶予《ゆうよ》はない。どうしよう。本当にまずいかもしれない。松島は何をやってるんだ。だんだんと思考が鈍くなってくる。

こうなったら一人でも縫いにいくか。俺にできるのか。できる。俺はこれまでいくつの修羅場を、患者を死なせず越えてきたというのだ。この患者に自分の外科医人生も乗っている。出血が止められず患者を死なせるとは、そういうことだ。いや、しかし……。

「外回りさん、まっちゃんに電話を――」

大きい声を出したつもりだが、喉《のど》がかすれてしっかりした声がでない。

ちょうどその時、手術室3のドアが開く音が聞こえた。

「どう、止まった?」

マスクの紐《ひも》を後ろで結びながら入ってきたのは松島当人だった。肩の力がすっと抜ける。手術室の雰囲気も一瞬にして変わったようだ。

「ごめんごめん、待たせちゃった、話の長い患者でさあー」

ワッハッハ、といつものように笑いながら、松島は剣崎の後ろにいつの間にか置かれていた足台に乗った。180センチを超える大柄な松島が足台に乗ると、腹の中のほぼ全てが見える。

「おー、ええやん、止まっとるやん」

「いや、いまは俺の両手で押さえられてるんだけど」

剣崎は体を動かさずに首だけで振り返り、松島に目をやった。ブルーのマスクと帽子に包まれた優しげな細い目だが、いまの眼光は鋭い。

もう大丈夫だ。自分と同じか、それ以上に死線を越えてきた者だけが持つ、この目。稲田が使い物にならなくてここから進めず困ってたんだ、と剣崎は目で訴えた。松島は察したようで、

「おっしゃ、すぐ手洗うわ。待っとき」

と軽快な口調で言った。ガーッと再びドアの開く音がして、松島は手術室を出ていった。

気がつけば室内は騒然としている。ナースが早口で輸血のコード番号の長い数列を読み上げている。麻酔科医の3人は「ポンピング終わったら次生理食塩水で！」「血液ガス検査出します！」など口々に言っている。泌尿器科医も何人か来ているようだ。剣崎は自分の帽子の内側がすでに汗でぐっしょり濡《ぬ》れていることに気がついた。

患者の腹部は相変わらずサッカーボールほどに大きく口を開けている。そこには自分の両手が肘《ひじ》まで突き刺さっている。少しずつ手が痺《しび》れてくる。狭い骨盤に無理な角度で両手を入れているのだから当たり前だ。肩も痛くなってきた。まるでバレーボールのレシーブをするようなかっこうなのだ。しかし俺は絶対に手をずらさない。あと

1分もすれば松島が来る。それまでは死守だ。稲田は何をしているんだろう。ちょこちょこ吸引で血を吸っているが、なんの意味もない。

出血点を両手で押さえながら、ちらと目だけで黙って立っている稲田の顔を見た。マスクと帽子に囲まれた神妙な目を見ていると、腹が立ってくる。

この男は何を考えているんだろうか。大出血をして自分で止められない、それで外科系たる泌尿器科の医師を名乗っていていいのか。自分だったらとてもではないが我慢できない。

稲田は俺と同じ赤い術野を見ている。しかし、何も見えていない。病院の飲み会などでは調子良く話しかけてくるが、プロの医者としてのプライドはないのだろうか。いや、プライドというより、悔しさはないのだろうか。自分の技術が無いことへの、情けなさは襲ってこないのだろうか。それとも、自分の力量を悔いつつも今はこの患者の救命のためにプライドをかなぐり捨てているのだろうか。

後ろに立っている若い泌尿器科医はこの体勢では見えないがぼんやり立っているのだろう、もはや存在感がない。そのままいなくなっていても気づかなさそうだ。

手術室のドアが再び開く音がした。

「ガウンねー」

看護師が松島にガウンを着せると、松島はさっさと手袋をはめ稲田の後ろに入ってきた。

「どないですかー」

大きな松島は稲田の肩越しに術野を見ることができる。

「じゃ、ちょっと代わりますよせんせ、休憩しとって下さい」

稲田は「すいません、すいません」と言いながら血まみれの腕を引っ込め患者から離れた。

これで、患者をはさんで右に剣崎、左に松島、そして剣崎の右隣には若い泌尿器科医となった。

「ツッペル」

松島が看護師からツッペルを受け取る。細長い道具の先端に直径1センチくらいの小さいガーゼの球がついていて、出血したところを点で押さえることができる道具である。

「手ェ、大丈夫なん?」松島が気遣う。

「ん、そろそろ限界」思わず顔がほころぶ。いつ離してももう大丈夫だ。

「じゃ、俺が手前から離すから」

「ツッペルで押さえるわ」

本当はこんな会話などいらない。ただ周りに聞かせているだけだ。松島以外の外科医とだとこうはいかない。俺が手を離すから、離した瞬間に出血点をツッペルで押さえてくれ、タイミングは一瞬しかないからよく見て、などとこと細かに言わなければならない。もっとも、伝えたところでやれる外科医はまずいないのだが。

顔を動かさずちらと向かいの男を見る。マスクと帽子に覆《おお》われ、真剣な眼差《まなざ》しが覗くが硬くはない。こんな状況でもリラックスしているこの男が羨《うらや》ましくさえ思える。

「じゃあ、外すよ」

「オーケー」

右手をぱっと離し、狭いところから手を引き抜いた。その瞬間、鮮やかに紅《あか》い血がぴゅう、と出て、すぐに止まった。松島がツッペルでしっかりと出血点を押さえている。

「余裕や」

「5-0《ゴーゼロ》プロリン、一番長い持針器につけて」

「はい」

５秒ほどで渡されたので剣崎は内心驚いた。ふつう、5-0《ゴーゼロ》プロリンという特殊な針つきの糸は準備されていないのだが、出血で縫うかもしれないと予測し、この出血があったときに出しておいたのだろう。

20センチ以上もある長い持針器を持つと、少し前かがみになって松島のツッペルが押さえているところを縫い始めた。松島は左手に吸引管を持ち、縫うところを吸引して見やすくしてくれている。なんてことのない動作だが、出血点を見せながら、かつ血だらけになって見えなくなるということもない、絶妙の吸引だ。これができる外科医はそうはいない。

「ええね……Zもええんやない？」

Zとは Z縫合のことで、Z字に縫うことで出血を止める方法を指す。松島はそれとなく提案してくれたのだった。

そうか。確かにここはZ縫合のほうが止血しやすいかもしれない。片目でしか出血点は見えていないが、縫う。それしかない。

「やってみる」

一針縫うと、17ミリほどの弧状に曲がった針を自分の左腕に置き、持針器でつかみ直した。左手はずっともう1ヶ所の出血点を押さえている。ほんの少しでも角度を誤ると血管が裂け、また大出血だ。慎重に行かねば。

ゆっくりと持針器を入れると、出血点の近くを刺入《しにゅう》する。遠すぎても近すぎてもいけない。0.1ミリ単位で正確性が求められる。針は一度、組織に埋まってしまう。手首をゆっくり回し、針先を向こう岸に出す。出る点が遠くても近くても血は止まらない。0.2ミリほどでたところで、針先を持針器でつかむ。持針器の先端にコーティングされているダイヤモンドが、針を挟んで捕まえる。そのまま、針の緩やかなカーヴに沿って針を組織から引き抜く。剣崎は、息を止めたまま縫い続けた。

「よしっ！　長いクーパー！」

クーパーと呼ばれる細長いはさみで糸を切り、看護師に返す。

「こっちで縛るよ」

「お願い」

ツッペルと吸引管を置いた松島は細い糸をそっと引っ張る。糸を引っ張り過ぎてしまえば、ちぎれて大出血だ。剣崎は綿菓子を扱うような柔らかな手付きで糸を手繰った。

左手で糸を真《ま》っ直《す》ぐにする。強すぎず弱すぎない力加減でたわんだ糸を直線化し、右手で糸を引っ掛けて縛る。ゆっくり、慎重に、しかし一定のリズムで。細い糸を完全にコントロールしながら、しかし止まることのない手の動き。まるで生まれたての赤子を扱うような、やわらかな手つきには思わず見とれてしまう。こんな糸結びができればいいのだが。

糸を6回縛ったところで、長いクーパーをもらい糸を切ってもらう。

「おっしゃ！」

相棒が大きな声を出した。血は止まっている。剣崎の縫い方と、松島の糸結びがどちらも完全に上手く行ったからこそ止血できたのだ。こういう手技は、松島とのタッグでなければ絶対にできない。

思わず頬がゆるみそうになる。

しかしまだ気を抜けない。もう一つの出血点はさらに奥にあるのだ。

「じゃ、もう一丁行ってみよ」

松島は陽気な声で言う。しかしもちろんわかっている、もう一つの出血のほうが厄介だってことを。だからあえて緊張をほぐすような言い方をしたのだ。いつも松島は、肩に力が入りすぎるときにふっと空気を抜くような発言をしてくれる。同時に、いざとなったら俺が代わるよ、という安心感を与えてくれるのだ。

「じゃあ、またツッペルで押さえてもらえる？」

「オーケーオーケー」

出血点はおそらく恥骨というひさしのせいで松島の立ち位置からは見えないだろう。自分にしたって、狭い骨盤の奥、片目で視認できる程度だ。これを松島は押さえられるだろうか。いや、松島ならできる。いい加減もう左手は限界だ。しびれてきた。相変わらず向かいの大きな男はまったく動かない。

「じゃ行くよ」

剣崎はそう言うと手を離した。

離した途端、びゅう、びゅう、とふたたび紅い血が吹いた。骨盤のなかにみるみる血が溜まっていくが、先程の勢いよりはおとなしい。1ヶ所を止血したことの効果が出ているのだろう。

「おっ」

松島が大きな体を乗り出すと剣崎と頭がくっつくような体勢になった。頭を入れ腹の中を覗き込む。

「ここかっ！」

松島が一瞬見えた出血点をツッペルで押さえた。その瞬間、ピタリと血は止まった。

「おしっ！」

松島が叫ぶ。

「ナイス！」

感嘆の声が出た。

これを止められる。この技術が欲しかった。松島が出血点を押さえることに成功した時点で、止血の半分は成功したようなものだ。

「じゃあもう一度、5-0《ゴーゼロ》プロリン」

看護師から長いその道具を受け取ると、ふたたび慎重に縫っていく。2度目だからか、体はそれほど硬くない。さっき成功したのだから、今回も上手くいくに違いない。

手首を柔らかく回して、ほんの数ミリのところを縫っていく。

縫い終えると、ふう、と息をついた。

「まっちゃん、じゃあ縛るのよろしく」

「速いねえー！　でもそっちから縛った方がええんちゃう？」

言われてみればたしかにそうだ。松島からはほぼ全く見えないのだ。

「手水《てみず》――」

いま縛ろうとしている5-0《ゴーゼロ》プロリンという糸はモノフィラメントという、化学繊維を1本そのまま糸にした極細の針金のようなタイプのもので、手に水がついていないと滑りが悪くなる。そのため、看護師に生理食塩水をかけてもらうのだ。注射器から水が飛んでくる。

いよいよ結紮《けっさつ》だ。糸を縛るのに失敗すると、血はもう止められない。もう一度縫えたとしても、プラス何百ミリリットルと出血がかさむだろう。これ以上出血すると、この患者が死に至る可能性がぐんと高まる。すなわち失敗が患者の死に直結する。なんとしてもこの結紮で出血を止めなければならない。

結紮、つまり糸結びは、外科医にとっての最も基本的な手の術であり、外科医の命でもある。外科医になった1年目からずっと何千回、何万回と練習し続けてきた。休日でさえ糸を持ち歩き、レストランで、電車のシートで、映画を見ながらでもずっと手を動かし結んできたのだ。引っ張る力、結ぶ向き、糸のねじれ、そして縛りこむ強さ……「糸を結ぶ」という、一見単純な動作のなかに、何十ものコツとテクニックが潜んでいる。糸結びが下手で、手術が上手い外科医などこの世には一人も存在しない。外科医なら誰しもが、「自分が一番上手いに違いない」と確信しているような、そういう手技なのだ。

マスクの下で唇を舐《な》めた。

松島は黙っている。

糸を持つと、素早く手を動かして結んだ。手の動きにあわせて水滴が飛散する。糸は思い通りに動き、すっと出血点まで結び目が送られた。0.5ミリくらいの、玉のような結び目。1回、2回……。剣崎の結紮は松島の倍くらいのスピードだった。松島は黙ったまま、じっと結紮を見ている。

「よし！」

「ええやん！」

2ヶ所目も一発で止血に成功したのだった。ふう、と息を吐く。

「大丈夫……だよね。ちょっと洗浄してみようか。生理食塩水《せいしょく》2リットルちょうだい」

「大丈夫やろ」

2リットル以上も入る大きな銀色のピッチャーからお腹の中にざぶんと水を入れる。ピンク色の腸や、出血で出た黒いゼリーのような小さな凝血塊がいくつか水に浮かぶ。吸引管を突っ込むと、みるみる水位は下がっていく。

2杯、3杯と洗浄していくと赤味はだんだん薄れてきた。

「さすがですね、先生がた」

そう患者の頭側から言ったのは、麻酔科医の瀧川京子《たきがわきょうこ》だった。

「京子ちゃん、もう出ないから大丈夫っ」

松島は気づいていたのか。俺が手術室に入った時、麻酔科医も目に入っていたはずなのに、瀧川がいたことには気づかなかった。瀧川はどういうわけか大出血のときにいつも麻酔を担当している。いや、若い麻酔科医のヘルプで来ているだけなのかも知れない。とにかくてきぱきと仕事をし、あっという間に血圧を正常値にする、腕のいい麻酔科医だ。

「まっちゃん気づいていたのか」小声で尋ねる。

「当たり前やろ」

瀧川は松島と親しかった。たしか年齢は俺たちより少し下で、バツイチだという噂《うわさ》だった。青いキャップとマスクの間から覗く、ぱっちりとした目と整った細い眉が、強い意志を感じさせる。

「困ったときの京子ちゃんや」

そう言うと相棒はにっと笑った。

「先生方、ありがとうございます！」

泌尿器科医の稲田が後ろから大きな声を出す。この医者の存在をすっかり忘れていた。

「あ、ああいえいえ。あとちょっと洗って止血見ときますんで、先生は患者の家族に説明でもしてきてください」

「そうですか、ありがとうございます」

そう稲田は言うと、嬉《うれ》しそうに泌尿器科の若手医師とともに手術室から出ていった。

ちらと顔を上げ稲田の背中を見送る。この手術室内もずいぶん静かになっている。麻酔科医は瀧川だけになっており、後ろから何をするでもなく傍観していた泌尿器科医たちもだいたい出ていったようだった。外回りのナースだけが忙しそうに歩き回っている。

「ロクでもあらへん」

松島が小声で言う。

「あいつ、出血点も見えてへんかったやろ」

「うん、一度ツッペルで止めてもらおうとしたんだけど全然ダメだった」

「あかんねん。身の程知らずというか、だったらこんな手術《オペ》すんなや」

ねえ、と松島は瀧川に振った。

瀧川はあいまいな笑顔で返す。

松島の言うことはもっともだ。自分で大出血を止める腕がないのなら、こんな手術には手を出すべきではない。今日はたまたま自分も松島も手があいていたから救命できたが、そうでなかったらこの患者は間違いなく死んでいただろう。自らの技量を超えた手術には手を出さない、それもまた外科医のプロフェッショナリズムなのではないか。

「ほかに出血はなさそうだね」

「せやな。あれ？　これなんや？」

松島が指し示したところに剣崎は目を凝らした。出血を止めたところの近く、ピンク色の直腸に、一ミリほどの茶褐色の焦《こ》げ跡がある。

「これ……腸管《ダルム》の壁、たぶん損傷してるな。そう言えば腸もやっつけたって話だった」

松島はハア——と大きなため息をついた。腸が損傷すると、手術のあとに腸液や便が腸から漏れ出し、腹膜炎になってしまう。腹膜炎は患者が死亡する危険のある、ぜったいに避けなければならない合併症だ。泌尿器科医や産婦人科医が腸を損傷したときには必ず消化器外科医が呼ばれ、縫って修復したり切り取って腸をつなぎ合わせるなどの手を打つのだ。

「どんだけ下手なんや!」

その時手術室のドアが開く音がして、稲田がどういうわけか再び入ってきた。松島と目を合わせた。聞こえてしまっただろうか?

「いやー先生方すみません。大丈夫そうです?」

これほどの失態を犯しておいて、なにが大丈夫そうなのか。剣崎はあきれて返事をしなかった。松島も黙っていたが、その空気には気づいていないようで、

「いや、実は先生方、ホントお恥ずかしいんですけど、ぼく、直腸やっちゃったっぽくてですね。お伝えし忘れていて」

申し訳なさそうに言いながら、目は笑っている。大したことではないとでも思っているのだろう。

再び目を見合わせると、松島が言った。

「先生、もしかすると直腸に小穴があいとるかもしれませんわ。先生、こっちは縫っときますんでご心配なく!」

「本当ですか、ありがとうございます! いや、いつもはもっと腸が離れてるんで腸

を傷つけることなんてないんですが、なんだか今日はちょっといつもより近かったみたいで」

言っている意味がほとんどわからない。あとで松島は毒舌を吐くのだろう。

その後二人でさっさと腸を縫って修復すると、呼んだ泌尿器科チームにバトンタッチして手術室を出た。

「ありがと、まっちゃん」

更衣室に入ると、ペラペラの青い術衣を脱ぎながら礼を述べた。自分より一回り大きい松島の、ガッチリした体軀《たいく》。筋肉質な体は、特に鍛えているわけではないと以前尋ねたとき答えていた。

「いやいやごめんね、遅くなっちゃって」

「まっちゃん来なかったら今日はやばかったかも」

「またまた。まあ俺は麻酔の京子ちゃんに会えたからオッケーや」

松島は嬉しそうだ。ズボンを脱ぐと、赤い大きなドットが目立つ黒いボクサーパンツが目に入った。

急いで着替える。1時間ちょっと前、ここで着替えていたのが嘘《うそ》のようだ。あのプレッシャーは嫌なものだが、それがあるからこそのこの爽快《そうかい》感なのかもしれない。

体は疲れていたが、心は軽かった。

「今日、行く？」

「ええね」

「じゃ仕事終わったら現地で」

「了解！」

着替えて更衣室を出ると、松島と別れた。

それぞれの患者を回診し、書類仕事をいくつか終えてからいつもの店に集合だ。

＊

「じゃ、おつ」

「おつかれ」

グラスがかちりと当たる。夜10時を回ったころ、二人はいつもの麻布十番のバーカウンターにいた。麻布十番駅からほど近い、雑居ビルの地下1階にその店はある。入り口には小さい木の看板しか出ていないから、知っている者でないと入れない。それでも、六本木からほど近い、高級店や老舗《しにせ》ばかりの麻布十番というロケーションだから か、仕事を終えたカップルやオシャレなスーツを身にまとった業界人のような人たちでいつも混んでいる。

細い階段を降りると金属製の扉に「The One」と、木目調の小さな表札のようなものが掲げられている。扉を開けると薄暗い店内に、やや渋めの茶褐色にところどころこげ茶の混じった大きな一枚板のカウンターがある。小さな背もたれのある黒い革の椅子《いす》が並び、背後には自然木の壁が見える。椅子の後ろは人が一人ゆったり通れるくらいの広さはあるが、8人入るのがやっとくらいのこぢんまりとしたバーだ。

この日の先客は、ダークスーツに白髪の男性と鮮やかな赤いワンピースのいかにもモデルといった若い女性のカップルと、40代くらいの背の高い金髪の白人男性が二人、そして背筋のピンとしたショートボブの女性ひとり客だ。それぞれマスターとは話すのだが、客同士が喋《しゃべ》る雰囲気ではない。デニムに白い綿シャツ姿の松島は少し浮いているが、自分は黒いジャケットでなんとか溶けこめている。

剣崎はウイスキー「竹鶴《たけつる》」をソーダ割りで、松島はヒューガルデンホワイトの生ビールを頼んだ。一番奥の席が運良く空いていたため、そこに腰を落ち着けたのだった。

静かにマイルス・デイビスの「So What」が流れていた。トランペットの奥の、ハイハットの金属音が店内をよりいっそう涼しく感じさせた。

「ふー、労働のあとはやっぱ酒やね！」

松島は一口でグラスの半分くらいを美味《おい》しそうに干した。関西人らしいすこし吊《つ》った細い目の上には、天然パーマの短髪が乗っている。ひいき目にも男前とは言い難いが、親しみやすい顔だ。実際、ナースからも結構モテる。

「今日は本当、助かったよ」

「いやいや、さすが大センセイや、血止めるのあっという間やったやん」

そう言うと松島はもう一口でビールグラスを空にした。相変わらず勢いのある飲み方をする。大きな体でこんな飲み方をする、頼もしさがある。

「なんか食べる？」

「つまみだけでええわ」

先に夕食を取ったわけではないだろうが、松島は夜飲むときはいつもあまり食べない。

「俺も、なんか胸いっぱいで腹減らないんだ」

そう言うと剣崎は笑った。

「マスター、なんかつまみちょうだい。もう一杯ね」

剣崎もつられて細長いグラスに口をつける。乾いた口に、透明感のある竹鶴の味がまるで森林浴のように心地よい。強炭酸が口の粘膜をピリピリと刺激する。

「いや、今日という今日こそはヒヤッとしたよ」

「……ホンマに？　俺来なくてもよかったんちゃう？」

いやいや、なにを言っているのだ。

「まっちゃん、来なかったらたぶんあの患者死んでたよ、視野とれなくて縫えなかった」

心からそう思う。この男は謙虚なのか、俺を買いかぶり過ぎているのか。

「……でもさ、まっちゃんってああいう時でもいつも冷静だよな。それに引き換え」

あんな短時間でも、ぐっしょり汗をかいたのだ。

「え、普通に血ぃ止めてたやん」

松島からすれば「普通に」なのだろう。しかしあれは自分の能力の最大限なのだ。

ああやって両手を突っ込んで押さえる以外の方法は思いつかなかった。

「いや、普通にじゃなかったよ」

この、右隣で2杯目のビールを頼む男はああいう瞬発力では凄《すさ》まじい技術を発揮する。俺は両手で血を止めたら、もうなにもできなかった。思考停止にさえなりかけていたのだ。

松島はペースを変えずビールをぐいぐいと飲む。少しずつ表情が解けてきている。

「本当に助かったよ。頭真っ白になりかけてた」

「またまた、冗談うまいな」

店内を少し見回してから少し小声で言った。なにせ病院の近くのバーだ。どこに関係者がいるかわからない。

歳《とし》の差のあるカップルは顔を近づけてボソボソと喋っている。白人男性二人はウイスキーをロックで飲みながら何やら議論でもしているのだろうか、真面目《まじめ》な表情だ。ショートボブの女性はマスターと話しながら、スマートフォンをいじっている。

「……いやだってさ、あの稲田先生だよ？　まっちゃんが来る前に、俺が手を離してツッペルで押さえてもらおうとした時さ」

「全っ然あかんかったんやろ」

「うん、まるで駄目だった。あれなら外科《ウチ》の後期研修医《レジ》のほうがよっぽどいいな。何年目なんだろう、若くはないけど」

言い終わると剣崎はソーダ割りを飲み干した。

「尾根《おね》さーん」

一人客の女性と麻布十番の美味しいお店について話していたマスターは、すぐに目の前に来た。

「今日もオペ？　おつかれみたいだね」

「ええ、そうなんです、緊急で」

「じゃあ、いつものいっとく？」

「いいですね」

剣崎がこのバー「The One」に来るようになってもう1年が経《た》つ。いつだったか、飲み会の帰り、たまたま見つけた看板に酔った勢いでドアを開けたのが最初で、それからほぼ毎週来ているから、50回は来た計算になる。来店し始めたばかりの頃はほとんど会話を交わさなかったが、少しずつマスターの尾根諒一《りょういち》が話しかけてくるようになり、今ではかなり親しくなった。それほど背は高くないが、がっしりとした体を黒いベストにタイで引き締めている。天然パーマの髪は短く整髪してあり、それほど長くない顎髭《あごひげ》と相まって清潔感を表す。

小物入れに使っているのか、腰に拳銃《けんじゅう》を入れる黒いガンホルスターのようなものをつけていて、それがどうにもカウボーイのような雰囲気を醸《かも》している。

とにかく謎《なぞ》めいた人物であることは確かで、若い頃は画家を目指してヨーロッパを放浪していたと一度本人の口から聞いたことがある。歳は40代後半だとのことだが、詳しい話はいまだに教えてもらえない。

ここに通うようになったのは、暗めの照明が落ち着くという理由もあった。日中は手術室で無影灯《むえいとう》の眩《まぶ》しい光に照らされた患者の体の中ばかりを見ているから、このバーでは目が休まるのだ。それに病院からタクシーでワンメーターという距離、地下1階というロケーションも秘密基地のようで気に入っていた。

なにより、近すぎず、しかし話を聞いてほしい時には親身になってくれる尾根の距離感が好きだった。いつもは、迫田というバイトの若い男子大学生がいるが、今日は休んでいるようだった。

「はい、ラフロイグ10年」

コースターに置かれたのは、琥珀色《こはくいろ》とはよく言ったもので、透明感ある茶色とも茜《あかね》色とも言えないぬるりとした液体に丸い氷が浮いたロックグラスだ。すぐに口を付けた。炭のような香りが口の中に広がる。松島は、このシングルモルトを頼むといつも不思議そうな顔で見る。

「ひとくち、飲む？」

「いやー、そんなん。正露丸《せいろがん》やん」

この香りこそが好きなのだ。いろいろなウイスキーを試したが、ストレスのかかる手術のあとはこの強い個性の酒がいい。味わっているうちに、松島はいつの間にか3杯目のビールを飲み始めている。

大きな体に大胆な物言いの松島だが、酒は生ビールばかり飲むところ、実はあまり冒険しないタイプなのだろう。元々、松島は医者一族の生まれだ。小さい頃から医者になれ医者になれと言われて育ったらしく、兄弟もみな医者だ。医者になるべくしてなったのだ。関西ではけっこう名の知れた大きな病院の一族のひとり。現役で、学費が国立大学の8倍はするような大阪の私大を出ているということからも、結構なお坊ちゃんだ。港区の3LDKもあるタワーマンションに住み、ポルシェに乗っていることも、そのイメージを強くさせる。

そんな彼が酒には拘《こだわ》りなく生ビールばかり飲んで、医者など一族に一人もおらずサラリーマンの父と専業主婦の母という、神奈川の一般家庭で生まれ育った剣崎が、少し凝ったシングルモルトを好むというのもなんだか面白い。

ふと思い出したのは、大船という、横浜でも湘南《しょうなん》でもないあの中途半端《はんぱ》な駅のことだ。あの平凡な駅から何千回と通学した、平凡な中学・高校時代。親に似た、平凡で堅実な大手メーカーのサラリーマンになった4歳歳下の弟は元気にしているだろうか。いつも兄が独身であることをネタに、心配するふりをして優位に立とうとする亮《りょう》。彼は28歳で結婚し、いまや一男一女の父である。そう言えば松島も独身だ。こんなところで、独身の男二人で呑《の》んでいると知ったらどんな顔をするだろうか。

「でもさ」

「ん？」

「あの縫合《スーチャリング》、上手《うま》くいくと思わなかった」

「そうなん？」

「正直、手が震えたよ。ああいう緊急の止血みたいなの、たぶん俺向いてない」

たぶんじゃない。間違いなく向いていない。松島はまったく動じないが、自分は常にギリギリでしかやれないのだ。

松島はこれまで15年の外科医生活の間、実に様々な病院に勤めてきたと聞いた。毎日2件ずつ緊急手術があり、週に一度しか家に帰れない壮絶に忙しい病院や、銃で撃たれたりナイフで刺されたりしたような外傷患者の救急搬送要請が毎日鳴る救急病院《ホットライン》まで。外科のメインストリームである癌《がん》の手術のキャリアで言えば剣崎の方が上だろうが、癒着《ゆちゃく》だらけの再手術や、抗凝固薬を飲んでいて出血リスクの高い患者などの色色な手術の技術、それに危険なレベルの大出血を止める技術なんかは松島の方がはるかにあるだろう。15年目の外科医といえば中堅にあたり、まだまだ上には外科医がいるが、手術経験値から言えば松島はベテランの域に入るだろう。

「ま、でもいつもきっちり止めるやん。さすが東大医学部」

そう言うと、松島は笑ってビールをあおった。馬鹿《ばか》にしているわけではないだろうが、専門バカと言われているような気がする。

自分の手術スキルが東京タワーのように大腸癌の手術に特化しているとしたら、松島のそれは富士山のように裾野《すその》が広い。つまりなんでも応用がきく、オールラウンドプレイヤーなのだ。

「ああいうオペのとき、まっちゃんはいつも冷静だよな」

グラスを揺らし、ラフロイグをまた舐める。

「先月だって、局所再発のかなり厳しい手術、さらっと止血してたし」

「まあ鈍感やから」

直腸癌の局所再発という、外科のなかでもっとも難しい手術で出血させた部長をずっとヘルプしたのだった。

松島はいつもこうやって誤魔化す。肝心なところは、照れなのかなんなのか、本音をあまり言わない。しかし今夜は聞いてみたい。すでに酔いが回ってきたのを感じていた。思考のブレーキが少しずつ緩んでいく。

「あのさ」

とはいえやはり聞きづらい。またはぐらかされたらもう聞けない気もする。剣崎は話を変えた。

「あの麻酔科の、なんつったっけ……」

「あー京子ちゃん？　瀧川？」

麻酔科医は何人かいたはずなのに、答えが早い。

「あの子、いいよね」

「おっ気づいた？　せやねん」

「彼女が麻酔かけてると、どれだけ出血してってもだいたい持ちこたえるんだよね。うちの麻酔科で一番腕いいかも」

「え、そこ？　ちゃうやろ、かわいいとか感じいいとかやろ」

松島は嬉しそうにジョッキを傾けると、残ったビールを泡ごとぐぐと呑んだ。

それにしても本当に旨《うま》そうに飲む。

ている。

「で、まっちゃんさ……」

ん？　と返事をする顔は、自分が何かの言葉を口の中で転がしていることに気づい

「俺、ああいう大出血の対応するたびに思うんだけど」

「なんや」

松島は体勢を変えると、剣崎に向き直った。

グラスに少し口をつけて続ける。

「まっちゃんって、なんであんな冷静なの？」

真面目に言うと、松島もつられて一瞬真顔になった。いつもふざけているが、真剣になると凄《すご》みがある、この男。めったにないが、手術の話を、しかも核心に迫るような話をすると、気迫のようなものが漏れ出ることがある。空気が鉛のように重くなる。

「え……なんでやろなあ……」

バーカウンターの向こうではマスターの尾根が先ほどの女性客と笑い合っている。

「変わらへんやん、剣崎先生と」

「いや全然違うよ」剣崎は間髪入れずに答えた。「俺とはぜんぜん違う」

ぐいっとウイスキーを飲んだ。高濃度のアルコールが、咽頭《いんとう》の粘膜を焼き、食道にざらざらと流れ込む。胸が熱くなる。

「そかな」

「うん、俺さ」

酔いが回ってきた。しかし、だから今なら言える気もする。素面《しらふ》でこんな話はこっ恥《ぱ》ずかしくてできるわけない。

「出血とかで呼ばれるの、かなりビビっちゃってさ。いつも」

松島は黙って聞いている。

「今日もだよ。あのまま血が止まらなかったら……と思うと今でも怖い。まっちゃんが来られなかったら、止められた自信ないよ、今日の出血は」

グラスの氷がカラリと音を立てた。

「ああやって自分の患者とか、他の科のオペで出血するだろ？　その度に、ああ、俺はこの患者を殺すのかな、家族にはなんて言えばいいんだろう、そう思う。思うたびに、震える」

松島は真面目な顔のまま、そっとジョッキを持ち上げるとビールに口をつけた。

「まっちゃんはいつも冷静だよな。羨ましい。まだまだ修羅場の経験が足りないのかな」

　ひと呼吸おいて、松島が口を開いた。体は微動だにしない。

「剣崎先生はそうなんやな」

　んー、と言うと、目を宙にさまよわせる。

「せやな、なんやろな」

　しばらく考えてから、続けた。

「無関心や」

「え？」

「俺は、たぶん患者に無関心なんや。だから、パニックにならへん」

　真顔のまま言った。

「え？　どういうこと？」

　患者に無関心だから、出血が止まらず死んでも構わない、という意味なのか。いや、そんなことはない。それは誰よりも俺が知っている。この男は、自分の患者が亡《な》くなるたびに、みんなの前では笑ってみせながら、夜には真っ赤な目でビールを痛飲する。

　そんな男だ。

「何ていうんやろな、大出血のとき、その出血じたいにしか意識が向かへんのや。だから、この患者がどんな人でとか、死んだらどうなってまうとか、家族があれこれとか全部飛んでしまう。そんなんどうでもええと思ってしまう」

「……」

「だからパニックにはならへん。それが一番いい結果になるんやからまあええかな、と思っとる」

そう言うと松島はマスター、ビールおかわり、と言った。

「集中力が一番高くなるってことかな」

へへ、と松島は照れくさそうに笑っている。ほかの情報をいっさい頭から排除し、目の前の一点に集中する。そんなことができるというのか。

「でも、いつからそんなこと出来るの？」

うーん、としばらく考えてから松島は答えた。

「せやな、一人っきりでヤバいオペをずいぶんやったからな。あ、一人っきりってのは自分より上手い外科医が控えてなくて、て意味な」

なるほど、過酷な状況でずっとやってきたのだ。後がない手術もたくさんあったのだろう。

「すごいな、まっちゃんは。改めて尊敬する」

「いやいや！」

もうこの話やめようや、と言いながらジョッキを傾けた。

マスターにおかわりを頼んでいる間にバーのドアがすっと開き、紺色のワンピースに身を包んだ女性が入ってきた。

「あれ！」

さきほど話題にしていた麻酔科医の瀧川京子だった。

「お疲れさまです」

京子は切ったばかりのレモンのような笑顔を見せると、立ち上がった松島にすすめられ二人の間に座った。

「俺が呼んどいたんや。スペシャル・ゲストいうてな」

松島は嬉しそうに大声で笑った。

「何飲む？」

「あ、すいません。最初はビール頂きますね。マスター」

「あ、いらっしゃい」

尾根はピックで氷を削りながら頭を下げた。

「ビール、お願いします」

「いや、ホント驚いた」

「やろ。京子ちゃんとちゃんと飲んだこと、ないやろ？」

「うん。まっちゃんはよく飲むの？」

「ん、最近、たまにな」

そう言うとにんまり笑い返す。

京子はにこにこしながら、ピンと背筋を伸ばして黒い椅子に浅く腰掛けている。紺のワンピースが良く似合うのは、品が良いからだろうか。左右に分かれた前髪につつまれた広い額の下、細く整った眉《まゆ》とぱっちりとした目はよく見ると外にいくにつれてわずかに釣りあがっている。大きくない鼻の下の口には、赤とオレンジを混ぜたような色の口紅が控えめにひかれている。きれいだ、と思う。

「はい、どうぞ」

マスターの尾根がビールをカウンター越しに渡してくれた。

「じゃ、改めておつかれ！」

そう言って3人でグラスを合わせるや、京子は勢いよくビールを流し込んでいく。

「はあー!」

二人がグラスを置いてもまだ飲み続け、そのまま一気にグラスの半分くらい飲んだ。白いうなじがちらっと覗《のぞ》いた。

「いままでオペやったん?」

「そうなんですー! 整形の緊急きちゃってて」

「いや、それはお疲れやな」

京子はまたグラスに口をつける。酒が強いのだろうか、あっという間に一杯目がなくなりそうだ。

「やるね、京子ちゃん」

「あ、嫌だ恥ずかしい」

そう言いつつ、また口をつけた。

「さっきまで京子ちゃんのこと褒めとったんよ、剣崎先生。ね」

いたずらっぽい目でこちらを見る。バラされるのは少し恥ずかしいが、酔いが回っているからそれほど気にならない。

「いや、瀧川先生はいつも豪快だもんね」

「えっ、なにがですか?」

「なんか、大出血のときのオペの麻酔かけてるイメージで。今日もそうだったし、瀧川先生がオペ室にいるととにかく安心なんだよな」

「そんなことないですよ。私はこの手術ヤバそうだなってときには、あらかじめたくさん手を打っておくだけ」

京子はそう言ってはにかんだ。

麻酔科医の「手を打つ」には、大出血のときに高速で点滴を入れられるようにあらかじめ点滴の太い管をたくさん入れておくことや、前もって輸血の準備をしておき、電話一本ですぐに取り寄せられるようにしておくこと、いざという時に呼べる麻酔科医を確保しておくこと、などの事前作業が含まれる。

「なるほど、それこそ麻酔のウデだと思うけどなあ。ということは、さっきの泌尿器科《ウロ》の手術はヤバそうって思ってたってこと?」

「当たり前やん、アイツ、名前なんやったっけ、稲田か。アレはあかんやろ。準備しとかな」

「先生、口が悪いですよ」

瀧川が松島の膝《ひざ》を軽く叩《たた》くと、でもね、と続けた。

「知ってました？ 稲田先生は、院長の親戚《しんせき》らしいですよ。それで、うちの病院でも丁重に扱われているんだそうです」

3ヶ月前、都内の大学病院の医局からの派遣で来た稲田は、麻布中央病院では年齢的に泌尿器科《ひにょうきか》のナンバー2だ。上に一人部長がいるが、もう65歳で手術はしないらしい。そういったわけで、泌尿器科の手術は稲田が好き放題やっているようだった。

「知らなかった！」

だから、あんな手術をしていても問題にならないのだ。

「せや、ひどいもんやって、あんなヘボ手術」

「実は麻酔科でも要注意人物なんですよ、稲田先生は。状態が悪い患者さんでも平気で大きな手術を入れてこられるので」

剣崎はぼんやりしてきた頭で考えた。そうか、院長の親戚で、だからオペが下手でも……しかしそんなことがまかり通るのだろうか。許せない。

「ま、ま、剣崎先生、飲も飲も！ せっかく京子ちゃん来てくれたんやし！」

「そだね」

少し赤くなった顔の京子が言った。

「剣崎先生、今日はお二人の濃密な時間を邪魔しちゃってごめんなさい」

二人の時間と言われると少しくすぐったい。

「いや、まっちゃんとはいつも飲んでるから」

「せやで。これは俺たちの密会なんや。外科医の会《サージョンズ・クラブ》や。剣崎先生も京子ちゃんと一緒に飲みたいやろうと思って」

「嬉しい！　こんな腕のいい先生たちと飲めて！」

「え、本当？」

「本当ですよ。だけどおじさん二人とかあ……」

京子がそう付け加えたので、剣崎は椅子から落ちそうになった。

「よっしゃ、飲も！　マスター、ビール二つとラフロイグおかわり！」

「今日みたいな手術はともかく」

京子は熱っぽく麻酔の話をした。

「普段は、なにもなく手術が始まって、なにもなく手術は終わるでしょ。それが、私のプライドなんです。手術をする先生たちに、なにも気づかせないくらいの静かな麻酔。それが、プロの麻酔なんだと私は思っています」

堅い麻酔。攻めの麻酔。守りの麻酔。そんな話をしだすと止まらなくなる京子が、意外だった。もっと普通の、いわゆるドライな麻酔科医に違いないと思っていたのだ。

それから2時間ほど、3人は病院について、手術室について語り合った。

ビールを10杯以上のんで完全に酔いのまわった京子は、ちょっと前からカウンターに片肘《ひじ》をついて喋っていた。二人の呼び名も話し方も、いつの間にか変わっていた。

「でもさぁ、まっちゃんもケンちゃんも偉いよなあ……」

声こそ大きくはないが、目は完全に据っている。

「お、おう」

まっちゃんはいいけど、俺には一気に距離つめすぎじゃないかな……と剣崎は酔った頭で考えた。

「だいたいさぁ、ウロってなんだよウロって。しょんべん科じゃねえか。てめえらがでかいオペしてんじゃねえよ……」

「しょんべん科、よう言うわ！　ハッハッハ」

泌尿器科はしょんべん、つまり尿以外にも腎臓や前立腺《ぜんりつせん》の癌、小児の奇形など無二の仕事を担っているんだから、そんな馬鹿にするのはどうかと思う。

どんどん口が悪くなってくる京子に剣崎はついていけないが、松島は愉快そうだ。

「あのアホ医者、ぜってえぶっ殺してやる……」

京子は宙を見つめると、独り言のように呟《つぶや》いた。

「ぜってえだかんな……ぜってえ……」

そう言うと、右腕におでこをつけてカウンターに突っ伏した。首の真珠のネックレスがきらりとその存在を示す。

しばらく静かに飲むか、と思った途端、いきなりガバッと京子が顔を上げた。

「吐きそう」

そう言うと立ち上がり、途中壁にぶつかりながらもあっという間にトイレに駆けこんだ。

松島と顔を見合わせた。

「ほら、面白いやろ」

松島は肩を揺らして笑っている。

「まっちゃん、知ってたんだろ」

「せや。おもろいやろー！」

「まあ、ね。俺は初めてだからびびってるけど」

「気にせんとき。毎回こんなんなるまで飲むんや」

「はあ」

ということは、松島と二人で飲む時もこんなに酔うのだろうか。

しばらく黙ってグラスを傾けていた。周りの客は少し入れ替わったようだが、一番奥の席だからか3人には気にも留めず飲んでいる。

京子が戻ってきた。

「大丈夫?」

「ええ」

青い顔の京子は椅子に腰掛けると、「ちょっと」と言ってカウンターに両腕を置くと、そこに小さな顔を載せた。

「毎回、か」

「せやで」

「普段とのギャップ、大きすぎだね」

「そやな。お嬢様先生だから、こういうとこで発散してるんやろ」

それからしばらく、何を話すでもなく残った酒を飲んだ。

「んで、どうしよかコレ？」

京子の後頭部は、柔らかなやや茶色がかった髪で覆《おお》われている。

「送ろか」

「そうだな」

「京子先生、帰るで」

松島が耳元で声をかけると、ガバッと京子は起き上がった。

「はっ！　すいませんわたし、わたし……ちょっと寝ちゃったみたい」

顔に張り付く髪を整えながら言う京子は、おでこに赤い痕《あと》がついている。

つい笑ってしまった。京子は正気に戻ったようだ。

「マスター」

自分もビールを口にしながらまた別の一人客の女性と話していた尾根がこちらにやってきて、髭の口元が「おつかれさん」とでも言うようににっと動いた。気づかないふりをしてくれていたようだ。

「そろそろ帰るわ」

「それがいいね、もう零《れい》時を過ぎたし」

お会計は剣崎と松島で割り勘にした。尾根にまた来ますよ、と言って階段を登り店を出ると、目の前に止まっていたタクシーに目をつぶりながら歩いている京子を乗せる。

「送ってくわ」

「あれ、もうそんな関係？」

「ちゃう、そういうんやない。前も送ってっただけや」

こういうところはきちんとしているのが松島だ。

「今日はありがと」

手を差し出すと、

「お」

と松島が強く握り返し、タクシーに乗り込む。

「うん、また明日」

タクシーを見送ると、大きな手の感触を味わいつつ剣崎はそのまま麻布十番の街を歩いた。少しふらつく。

平日だというのに酔客がちらほらいる。外国人も少なくない。総じて若者はおらず、中高年だ。

ここは不思議な街だ、と思った。江戸時代から栄え、武家屋敷も並んだ３００年以上続く古い門前町。つい最近までは駅が作られず陸の孤島として穴場のようであったが、今は夜の大人の街の代表格である六本木のすぐ隣という、最先端の立地。その双方が入り交じるこの街が、剣崎は好きだった。古くからの住民も、大使館の職員の外国人も、お忍びで来る財界人や政治家、芸能人もこの街を愛しているのだ。こんな街は東京じゅう探したってどこにもない。古くからの個人商店が連なる商店街がシャッター街にならずに残っているのは、こんな都心では麻布十番だけだろう。

歩きながら京子のことを思いだした。上品な紺色のワンピースに身を包んでいるのに、大量のビールを飲んであそこまで泥酔《でいすい》する京子。ああだから離婚してしまったのか、離婚したからああなってしまったのか。どちらでもいいが、なんだか面白い人だということは間違いない。

松島と付き合ったらどうなるんだろう。それはそれでお似合いのような気もする。

ふらふらと歩いていると、自分よりも背が高い、ダークグレーのタイトなミニスカートのスーツに高いヒールの髪の長い女性とすれ違った。高級クラブの女性だろうか、あるいは芸能人だろうか。甘い香水の匂《にお》いがした。

長い横断歩道を渡ると、自宅のマンションの前に着いた。外観は綺麗《きれい》だが、その実、中は築50年のオンボロだ。もとは公団住宅だったらしいのだが、その後分譲され何度かリノベーションしたと不動産屋は言っていた。昭和の雰囲気漂う古いエレベーターで5階に着くと、部屋の鍵《かぎ》を開けそのまま布団《ふとん》に倒れ込んだ。

*

携帯電話が鳴った。

目が開かない。何がなんだかわからないが、とりあえず電話だ。数秒、コール音を聞いていた剣崎は、ばっと飛び起きた。

このマンションのなかでも特に古い和室の部屋。2DK、キッチン以外は畳という不思議な間取りだ。窓側には廊下のようなスペースがあり、ここに洗濯物を干す。窓の外はすぐ目の前が高速道路なので、ベランダが作れなかったのだろう。

布団の脇《わき》の携帯電話をひったくるように覗く。寝る前には布団の隣に座布団をおき、そこに携帯電話を置くようにしている。画面には病院の名が表示されていた。

「はい」

「もしもし、集中治療室《ICU》なんですが、剣崎先生ですか?」

この時間に何なのだろうか。集中治療室《ICU》に自分の担当患者はいなかったはずだ。小声で喋っているのは、若い女性看護師のようだ。

「はい」

起き上がると、布団の上にあぐらをかいた。自分の吐く息が、ラフロイグ臭い。

「こんな時間に申し訳ありません」

電話の向こうで頭を下げているような調子で続けた。

「実はさっきの患者さん、ドレーンから出血してまして」

ズキンと頭が痛む。

「いくつ?」

「……あの、さっきまでは1時間で100ミリリットルくらいだったんですが……いま急に増えて、ここ30分で100ミリリットル出てます。鮮血《フレッシュ》です」

ちょっと考えてから答えた。

「誰かいる?」

「はい?」

話が通じていないようだ。

「診てる医者はいる?」

「あ、先生なら、いま当直の研修医の先生が来てくれています」

そういう意味じゃない。が、言葉がまとまらない。

「研修医じゃなくて。それじゃ駄目だ。主治医は?」

「それが……電話したんですが……繋《つな》がらなくて……」

「了解、10分で行く。細胞外液《ガイエキ》、全開で。開けるだろうから、麻酔の当直医にも連絡しといて」

細胞外液とは点滴の種類を指す言葉で、大量出血やひどい脱水のときなどに大急ぎで点滴し血圧が下がらないようにするためによく使う。

電話を切った。スマートフォンの画面を見ると、1:57とある。ほとんど寝ていないじゃないか。

なんてことだ。あの縫った奥のところが再出血したのだろうか。

ベッドの枕元《まくらもと》のリモコンで部屋の灯りをつけると、剣崎は昨日帰ったままの服装だったことに気付いた。布団の上で立ち上がると、去年買った低反発のマットレスに足が埋もれて転びそうになる。

ふらふらとふすまを開け、「リビング」と呼んでいるちゃぶ台のある部屋を通って洗面所に入った。リノベーションと呼ぶにはほど遠い、後から置いただけというようなちゃちな洗面台で顔を洗うと隣の洗濯機の上のタオルで顔を拭《ふ》いた。コンタクトレンズをつけると、目がヒリヒリと痛む。

玄関に落ちていたカバンをつかんで外にでた。エレベーターで1階に降り、地下鉄の麻布十番駅出口の目の前にあるそのマンションを出ると、外はまだ真っ暗だった。携帯電話をちらと見ると2：01だった。

通りに出ると、すぐに来た流しの黄色いタクシーに手を挙げた。「麻布中央病院まで」運転手の返事はない。息は変わらず酒臭い。

病院へ着いた。裏の夜間救急入り口から入ると、急いで集中治療室へ。ドアを開けると、ICUはこの時間でも、コンビニより明るいのではと思うほど明るい。

集中治療室の一番手前のベッドに先ほどの術後患者がいた。

ベッドに近づくと、すぐに背の低い看護師が駆け寄って来た。マスクをして化粧気のない目をしている。ずいぶん若い看護師だ。後ろで一つに束ねた髪はかなり茶色い。不安そうな目をしている。

「先生、こんな時間に申し訳ありません」

頭を下げたが、それには返事をしなかった。

「その後出血はどう？」

患者の頭の横にある四角いモニターに目をやる。「90／52」。血圧はまだそこまで下がってもいない。心拍数を表すHRは「104」だ。心臓の動きを電気的に拾っている心電図は、ノコギリのようにギザギザとした形を示している。この血圧と心拍数はショックバイタルという、危機的状況を示す。まあ出血しているのだからこれくらいだろう、と思った。

患者の腹からにょきっと出ている人差し指ほどの太さの管の中の液体は、鮮やかな赤色をしている。

「あれからもこんな感じで出続けています」

「泌尿器科の先生は連絡ついた？」

看護師は黙って首を振った。

「大急ぎでもう一度開けよう」

「え？」

「開けないとヤバいから。オペね。家族入れて」

すぐには理解できていないようだったが、この言葉で分かったらしい。

「わかりました」

「あ、それと、麻酔科の先生は？」

「先ほどお電話したらいつでも大丈夫との事でした。手術室も空いているようです」

了解、と言って剣崎は自分のスマートフォンで松島に電話した。

「もしもし」

松島はすぐに電話に出た。眠そうな声だ。

「まっちゃんごめん。さっきの泌尿器科《ウロ》の患者が再出血した。とりあえず開けとく。ごめん、来てもらえる?」

「すぐ行くわ」

松島はすぐにはっきりした声で即答した。頼もしい。

「水、たくさん飲んできて」

「せやな」

電話を切ると、家族への説明のために個室へ向かった。

*

再手術が終わったのは、5時を回った頃だった。剣崎は松島と、手術室の更衣室で着替えていた。

「まっちゃん、ほんと申し訳ない。ありがとね」

「え、なんであやまんねん。出血はまた新しいところやったやんか」

あれからもう一度開腹すると、今度は昨日剣崎と松島が止血をした部位とは別の、浅いところの細い血管から出血をしていたのだった。「タコシール」という冗談のような名前の止血用シートを貼《は》り付けて5分ほど指でぐっと圧迫するだけで止まった。前回は血が止まったのを確認して離れたのだから、バトンタッチした後に稲田が何か余計なことをして出血させ、止血をロクに確認せずに腹を閉じたんだろう。

出血点という意味でも、ヘルプに入っただけの立場を考えても、どう考えても再手術は稲田が行うべきだし、責任もあの男にあるのは間違いない。

とは言え、いちど手術に入ったからには責任を感じずにおれないのが外科医だ。

「もう少しちゃんと見とけばよかった」

「そんなん言うてもしゃーないやん。あのクソ稲田が最後になんかいじりよったんやろ。まぁでも、奥の方の出血じゃなくてほんまよかったわ、すぐ止まったし」

更衣室を出ると、仮眠を取るために医局に向かう。途中、廊下の窓から朝日が差し込み、二人を照らした。

「染《し》みるなあ」

そういうと、松島は立ち止まった。朝日から目が離せない。温かさを感じる。

「ほんと」

「でも、間に合って良かったな」

「ああ」

「酔い、残ってる？」

「とっくに醒《さ》めとる」

松島は浮腫《むく》んだ顔で笑った。

「ちょい寝たらまた仕事やな」

「うん」

夜間に緊急で呼び出されようが、手術をしようが、日中は日中で予定された手術を行わねばならない。

「夜の麻酔当番、京子ちゃんじゃなくて良かった」

「せやな」

——これで良かったのだ。これで。稲田がどうとかではない、患者が死ななかった、それが一番大切だ……。

松島と廊下に並んで、しばらく朝日を眺めていた。

「大体話はわかった」

＊

緊急手術のあと仮眠室で少し睡眠を取って朝回診を終えた午前8時すぎ、剣崎は松島とともに病院最上階の13階にある院長室にいた。

広い部屋の壁には片岡球子《かたおかたまこ》の赤富士が飾ってある。茶色い革張りの椅子《いす》の前にある大きなデスクは、大統領の執務室のそれのような荘厳《そうごん》さをたたえていた。背後にある大きな窓のおかげで室内は明るい。

二人は早朝外科部長から連絡があり、院長室に朝一番に行くようにと言われていたのだった。このフロアに勤務医が足を踏み入れることはあまりない。ＶＩＰ用の特別室と院長室、それに何に使うのかよくわからない応接室が並んでいることだけは知っていた。

「君たちに尋ねたいのだが」

初老と言っていい年齢の、元消化器外科医の院長は、白い髭《ひげ》に囲まれた口でデスクに座ったまま静かに問うた。

「君たちは、心臓が切れるかね」

ジャケット型の白衣の胸元の、渋い和柄のネクタイが威圧的に感じられる。年齢の割には堂々とした体軀《たいく》の、締まった体をしているのはトレーニングでもしているのだろうか。白髪混じりの髪はオールバックぎみにきちっと七三に分けてセットしている。外科医だった現役時代には、やたらと手術の腕がよく近隣の病院からも難手術の患者が紹介されたなどという逸話を持っていたが、もうメスを置いて5年以上が経《た》つ。今では経営者としての手腕もいいようだ。この大きな麻布中央病院をトップダウンで経営しており、政界や財界にも顔が広いという噂《うわさ》だった。

この院長はあまり得意ではない。仕事はできる切れ者なのだろうが、どうにも職員を病院経営のコマとして見ているフシがある。そしてすべての権力を持ちすぎていて、この病院では進言できる者がいない。

「いえ、切れません」

「では、脳は切れるかね」

「いえ」

剣崎が小さい声で返事をする。松島は黙っている。

「そのことで、心臓外科医や脳外科医から馬鹿にされた事はあるかね」

「……ありません」

「で、あるならば」

院長は座ったまま机に前のめりになると、低い声をより一層低くした。細い体から、これほど響く声が出るのが不思議だ。

「なぜ泌尿器科医を馬鹿にするようなことを言うのかね」

——なんのことだ。確かに裏では言ったが、本人の耳には入っていないはずだ。

ちらっと松島を見ると、なにか言いたそうな顔をしている。

「君たちは、外科医だろう。外科医なら、予測不可能な合併症が術中に起こることなどよく知っているはずだ。それなのに、違う専門領域の医者をなぜコケにするのだ。その様な事は、非常に好ましくない」

——もしや、誰かが院長に報告したのだろうか。本人には言わなかったが、二人で稲田のことを話したような気もする。

「君たちの腕がいいのは良く知っている」

院長は口元を少し緩めた。

「だからこそ、謙虚にならないといかん」

そして一呼吸おいてから続けた。

「もちろん、他科の患者を救った事はとても重要なことである。しかし、こういうことが続いた場合には、処分なども考えなければならない。以後、慎むように」

「はい。申し訳ありませんでした」

ひとまずこの場は素直に謝罪して乗り切ったほうが賢明だ。松島が何か反論してしまっても困る。

「泌尿器科の先生に謝っておくように。私からは以上です」

頭を下げると、院長室から出た。

顔を見合わせる。松島の顔はむくんでいる。という事は、自分もこれぐらいの顔をしているのだろう。

「まっちゃん、ごめんね」

「やってられへんわ。剣崎先生が困ると思って黙っとったけど、俺だけやったら張り倒しとったわ」

松島は眉間《みけん》に皺《しわ》を寄せている。

「だろうと思った」

「しかし、誰かが告げ口したんやろな。あほくさ。それにしてもむかつくのは稲田の野郎やな」

顔を思い出したのか、松島は怒り心頭の顔だ。

「へたなものをへたと言って何が悪いんだろうね」

「ちゃうねん。昨日京子ちゃんも言っとったけど、稲田は院長の親戚やから、こういうことになったんやないか」

「でも院長、そんなことするかなぁ……。まぁでも、夜中に呼び出されて電話にも出ない主治医と、駆けつけて命を救った俺たちとどっちが怒られんだろうね」

「せや。しかし」

松島は小声になると、剣崎に耳打ちをした。

「酒が入っとったのはバレとらんかってんな」

「セーフ！」

そういうと、笑い合った。

眠く、さらに肉体が疲れ切っているため、高揚しているのかもしれない。

「あの院長、謝りに行けとか寝言言うとったな。どうする？」

「いいよ、俺一人で行ってくるから。まっちゃんが行くとこじれそうだし」

「そんなことあらへん。一緒行こうや」

その足で泌尿器科の医局へ向かった。

稲田の部屋のドアをノックする。こんこんという高い音の後すぐに、「どうぞ」という返答が聞こえてきた。

「失礼します」

そう言って部屋に入る。狭い部屋の真ん中に置かれたデスクには、書類やら本やらが山積みで、今にも崩れそうだ。テレビで見たゴミ屋敷を思い出した。

「ああ先生方、これはこれは。昨夜は本当にありがとうございました。いやー、申し訳ない。本当に助かりました」

座っていた稲田はぴょこっと立ち上がると、歯を見せつつ、頭を下げた。

「いえ、先生。我々の方こそ申し訳ありませんでした。なんだか失礼なことを言ってしまっていたみたいで……」

稲田は、「え?」といい、すぐに、

「ああ、いやいや、そんなそんな。失礼だなんてとんでもありません。先生方のおっしゃるとおりで。先生方がいなければ今頃あの患者は雲の上ですよ。まあ、もともと棺桶《かんおけ》に片足突っ込んでるような年齢ですけれどね。わはは」

と鼻を鳴らして笑った。

隣の男から殺気を感じる。剣崎は、

「いえいえ。ともかく、本当に申し訳ございませんでした。失礼いたします」

と早口で言うと一礼し、松島の袖《そで》を引っ張って部屋を出た。

部屋を出ると松島は赤い顔をしている。

「まっちゃん、すごい顔。堪《こら》えて堪えて」

「剣崎先生、それでええんか。先生がそれでええんやったらええけど……。やっぱり一発殴るわ」

松島の目は本気のようだ。少し震えているようにも見える。

「まっちゃん、いいんだよ。あんな奴《やつ》殴ったってしょうもないよ。ほっとくに限るよ」

しばらく固まっていたが、ふーっと大きく息を吐いた。

「せやな。あんなやつにかかる患者さんが可哀想《かわいそう》や。それにしてもあのクソ野郎、夜中の再手術《リオペ》にもけえへんかったくせに」

「ロクな医者じゃないな。院長もあんなヤツの肩を持つなんて」

話しながら歩いていると、ニヤニヤした若い医師とすれ違った。

「……なんだ？　あいつ、ウロだっけ？」

「あ、そう言えば手術室にはおったような。ナースから聞いたんかもしれへんけど」

嫌な予感がした。そう、見た目も検査値も全《すべ》て正常な患者が、そのあと急変してしまうのではないかというあの嫌な予感。

松島と今日の手術予定などを話しながら1階まで戻った。壁の大きな時計は8時45分を示している。

「あかん、外来やん！」

「あ、俺は手術《オペ》いかないと」

今日は腹腔鏡《ふくくうきょう》で大腸を取る、4時間くらいのオペがある。

「朝メシ買ってこ！　ほなまた！」

「それじゃ」

とっさに言葉を飲み込み、松島の背中を見送った。すると、松島がぱっと振り返った。

「な、今夜も行くやろ？」

「もちろん」

そう返すと松島はくるりと白衣の裾《すそ》を翻《ひるがえ》し、颯爽《さっそう》と歩いて行った。

＊

その日の夜9時、二人は麻布十番のバー「Ｔｈｅ Ｏｎｅ」の一番奥の席にいた。二人の他に客はいない。いつもこのバーでは、22時くらいから客が増え始めるのだ。

「おつかれ」

「おつ」

そう言ってビールグラスで乾杯する。尾根は二人にビールを出してからは、離れたところでグラスを拭いている。

「いや、今日はあかんかったわ」

デニムに白い綿シャツ姿の松島はぐいっとビールを飲むと、息をついた。考えたら自分は昨日と同じ格好だった。

「昨日の夜中は悪かったね」

「ええねんええねん。悪いのはアイツ」

言いながらも、松島はすっきりした顔をしている。

「なんか俺自信なくしちゃったよ」

「なんで？」

松島はこういうときは茶化さない。

「診療実績にもなんにもならないことを、でも呼ばれたら真面目《まじめ》にやってるのにさ、しかも冷や汗かいてやってるのにさ」

カウンターテーブルの小皿に載せられた、つまみのドライフルーツを一つ口に放り込んだ。

「あんな説教されるとね」

松島は黙ってビールを飲み干すと、大きな声を出した。

「マスター、もう1杯。いや、2杯」

「あ、ありがと」

マスターの尾根は会話を聞いているのかいないのか、離れたところでグラスを拭き続けていた。いつものように薄暗い店内では、ルイ・アームストロングがしゃがれ声でこの世界の素晴らしさを讃えている。二人しかいないと、広いとは言えない店内だって広く見えるものだ。

「はい、今日は飲みすぎないようにね」

尾根がビールグラスをカウンター越しに渡す。

「昨日けっこう飲みすぎたでしょ？」

「ありがとう、尾根さんも飲みすぎんように、そっちもけっこう飲んでたんやから」

3人で飲んでいた昨夜、実は尾根も飲んでいたのだろうか。松島の妙な観察眼にはいつも驚かされる。

「俺は昼間ぐうたらしてるから。二人は人の命を救ってんだろ」

言いながら尾根はサーバーから自分のビールも注いでいる。

「そんな大したもんじゃないですよ」

「じゃ」と松島とビールグラスをかちりと合わせてもう一度乾杯した。尾根も粛々とグラスを上げる。

一口飲むと、炭酸の細かい微泡がぱちぱちと破裂し、喉《のど》を刺激する。

「外科医は悲しいもんだな」

松島はじっとビールグラスを見たまま、返事をしない。

ビールを飲む。2杯目は炭酸を楽しんだだけの1杯目とは違って、苦さと甘さが混じった麦芽の味がする。

「なんかさ、今日みたいなことがあるとさ」

「うん？」

松島は美味《うま》そうにビールを飲んでは、目を閉じる。

「外科医ってサラリーマンにもなれず、かといって職人にもなりきれない」

松島はこういうとき、何も言わない。否定も肯定もしない。無視はしないが、聞いているかいないかどちらともつかないような態度を取る。剣崎が愚痴るとだいたいいつもそうだった。おちゃらけをどこかに引っ込め、静かに酒を飲むのだ。

松島が麻布中央病院に来て、こうして飲むようになって3年ほどになる。このスタイルは変わらない。

「今日は回るな、酒」

カウンターの向こうにたくさん並べられたボトルのラベルがぼやける。首の力が入らない。

「なにせ昨日寝てへんからな」

「帰って寝ろよって感じだよな」

はは、と力なく笑った。

視野が少しずつ狭くなっていく。バックバーの酒のボトルたちと一緒に、世界も縮小していくような感覚に襲われる。

「マスター、お代わりくれへん」

「はいよ」

カウンターの向こうでスマートフォンを見ていた尾根が答えた。

「あれ、今日もバイトくんはおらんの？」

尾根はビールをつぎながら答えた。

「今日もおやすみ。なんか、今日は本命との大切なデートなんだって」

「本命ねえ。彼、まだ若いんだっけ」

そう言えばデートという理由でバイトを休むことが前にもあった。同時に何人かとデートしているようなことを言っていた。そして本命は年上の製薬会社勤務の女性だとも。

「ハタチだよ、ハタチ」

眩《まぶ》しそうな表情を尾根が見せる。

「うえー、ハタチの頃なんて思い出せへんわ」

「あれ、まっちゃんにもハタチの頃なんてあったの」

剣崎はカウンターに頬杖《ほおづえ》をつきながら二人の会話を聞いているうちに、ふと瀧川京子のことを思い出した。まっちゃんとの関係は本当はどうなんだろうか。

松島が付き合っていた他の病院の看護師の彼女と別れた話は、少し前にこの席で聞いていた。

「また京子ちゃんと話したいな」

「お、ええね！　今から呼んでみるか！」

相好《そうごう》を崩した松島は、スマートフォンをポケットから出した。

「いやいや今日はいいんじゃない、昨日も飲んだんだし」

「ええー、あかんかー」

呼びたそうにもじもじしている。

「ほら、迷惑だって」

「ええねん、ダンナともきっちり別れたらしいし」

「あ、結婚してたんだったね」

すっかり忘れていた。

「せや、もう別れたけど、もともと医学部時代から同級生で付き合ってた、どこぞの大学病院の耳鼻科医だとか」

「耳鼻科医……意外だなあ。やっぱり浮気？」

医者の離婚理由はだいたい浮気だ。「忙しくて家庭を省みなかった」などと公《おおやけ》には言うが、その実浮気が原因だったとよく耳にする。

「当たり前やろ。けっこう前らしいで、駄目になったの。でも数年間は頑張ったんやって」

剣崎は京子の顔を思い出していた。細い眉《まゆ》にぱっちりとした目、小さい耳がきゅっと上がった品のある顔だ。

「バツイチかあ」

「うん。まあ俺もやけど」

「うーん、まっちゃんは……まあ色々あったもんねえ」

松島は若い頃結婚を失敗している。20代のころ勤めていた病院の年上手術室看護師と結婚したが、性格が合わないという理由で2年で別れていた。

「それでまっちゃんはぞっこん、ってわけか」

ビールを飲んでいた尾根がカウンターの奥から出てくると言った。

「ちゃうちゃう、そんなんちゃうで」

まんざらでもなさそうだ。二人の前に立った尾根はにやにやしている。

「でもな、京子ちゃんはもう恋はせえへんのやって」

「ほーそうなんだ。でも、まっちゃん、まあまあ本気じゃん」

「ちゃう!」

松島はぐっとビールを一気飲みした。

「尾根さん、ビール大盛りで!」

「はは、ごまかしてる」

そう言うと尾根はグラスを受け取った。

つられて、こちらも半分くらい残ったビールを飲み干す。

「あの女性のお客さんは麻酔の先生なんだね」

尾根がカウンター越しにビールを二つ渡してくれた。

「せや」

「ほほー……」

尾根が含みのある返事をしたので、松島はビールに口をつけると言った。

「どしたん?」

「いや、別に」

こういう時の尾根は完璧《かんぺき》なポーカーフェイスを作り、何を考えているのかを微塵《みじん》も見せない。

「なんなん、教えてや」

松島は酔い始めているようだ。

「いや、まあ」

尾根は手元のグラスを後ろの棚に戻した。

「尾根さん、それはないでしょ。教えて下さいよ」

「うーん、でもお客さんのプライバシーだし」

「かまへんかまへん！」

酔った勢いでこちらからも応援することにした。

「ほら、まっちゃんの恋路《こいじ》がかかってるんですから！」

「……うーん……」

尾根は少し間を置くと、しぶしぶ話し始めた。

「実は彼女、前に一度だけここに来たことがあってさ」

「え？　そんなこと言うてへんかったけど」

そうなんだよ、というと尾根は再びグラスを拭き始めた。

「それがね、けっこう修羅場だったのよ。いや、二人だから話すけどさ、忘れてよ？」

「うん、俺らいつも守秘義務のなかで生活してるから」

じゃ、と言うと手を止めて話し出した。

「彼女、前の旦那《だんな》さんと一緒に来たんだよね。そのうち、うちで離婚の話が始まってさ」

この小さなバーで、離婚の話し合い。

「なんだか痩《や》せたひ弱そうな旦那さんだったんだけど、妙に整った顔しててね」

「ほおーそうなんや。そんでそんで？」

松島は身を乗り出している。

「で、彼女けっこう飲むとアレじゃない？　だから途中から大きな声になっちゃってさ、しまいに旦那をひっぱたいちゃったりして大騒ぎよ。間に入ったけど、周りのお客さんもちょっと巻き込まれちゃってさ。常連さんのいい年のご夫婦だったから良かったんだけど」

正真正銘の酒乱なのだ、あの優秀な麻酔科医は。

「まあそんなことがあって、それ以来一度もうちに来なかったんだよね、だからすっかり顔を忘れてたんだけど。こないだ酔っぱらったのをみて思い出したんだよ」

「いろいろあるんやなぁ」

しばらく黙っていた松島がぼそっと言った。受け止め方は自分とは違うようだ。

「人間、生きてりゃいろいろあるんや」

同じことを2度言った。

京子のことを考えているのだろうか。松島は優しい目をしていた。


「お、いらっしゃい」

尾根が迎え入れた客のほうに目をやると、剣崎は驚いた。

「荒井《あらい》?」

入ってきたのは、今月から二人の部下として回ってきていた外科の後期研修医の荒井仁義《ひとよし》だった。白いシャツにジーパン姿の荒井は、医者4年目で30歳、背は165センチくらいで高くないが、顔が妙に小さく見えるくらい体は大きい。趣味が筋トレと言うだけあって、胸板がぶあつくいかり肩の、服の上からも筋肉がわかる男だった。ごつい体に角刈りのような髪型、なかなかの男前なのに顎《あご》と鼻の下にチョビひげを生やしているのがどうにも胡散臭《うさんくさ》い。

「あれっ、先生方……」

細長い四角フレームのメガネの奥で気まずそうな顔をしたのは一瞬で、すぐにいつもの如才ない笑顔を作った。きれいに並んだ白い歯がまた怪しい。

「こちらでお休み中でしたか。いやいや」

そういいながら断りもなく松島の隣にちょこんと座った。カウンターの奥から、剣崎、松島、荒井と並ぶかたちになった。

「お休み中ってなんや、お前こそなんでここ知っとるんや」

「えっ！　あ、いえ別にちょっとした調査でして」

そう言うと荒井は尾根に「マスター、ビール」と言った。

「なんだよ、調査って」

にやりと細い目をさらに細めて荒井は言った。

「いやいや、まあなんと言いますか、こう見えてもわたくし美食家ですので」

荒井はいちいち言葉づかいがおかしい。患者さんへの説明も、いつもどこか違和感がある。

「相変わらず変な奴やなあ」

「ははは。それはそうと」

荒井はメガネを中指で押し上げて続けた。

「昨夜、緊急手術だったらしいじゃないですか、先生」

「え、ああ」

剣崎が答えた。

「しかも泌尿器科《ウロ》の、再手術《リオペ》だったとか……」

めんどくさい男だ。通常、緊急手術のときには後期研修医を呼び出して手伝わせるのだが、他科の手術でしかも再出血というややこしい話だったので、荒井は呼ばずに手術をしたのだった。それをどこからか嗅《か》ぎつけたのだろう。

「ああ、まあな……」

お茶を濁そうとしたところにちょうどタイミングよく尾根がビールを持ってきた。

「はい、どうぞ」

「ああ、すまないね」

荒井は偉そうにグラスを受け取ると、

「先生方、そういうわけで、誠にお疲れ様でございました」

と太い腕でグラスを差し出し頭を下げた。

「ややこしいやっちゃな」

松島はそういいながらもカチリとグラスを合わせる。剣崎もグラスを差し出した。

低く喉をならしてビールを飲むと、荒井は「いや、マスター美味《おい》しいね」と尾根を見てにやりと笑った。松島はムッとした表情で剣崎を見た。

「お前さ」

言いかけたところに、荒井が割り込んでくる。

「しかし先生方、なぜわたくしを呼んで下さらなかったのですか。出血の再手術など、大《たい》っ変《へん》、勉強させていただきたい手術ですのに」

4年目の割に、荒井は物言いがはっきりしているのだが、妙な丁寧語が腹立たしい。

「……うん、まあ、いや深夜だったしな」

「であればなおさら。わたくしの無尽蔵の体力を使わぬ手はないのではありませんか。次がありましたらぜひともお呼びつけください」

言うだけ言うと、荒井はビールを飲み干した。

「マスター、これ、おかわりもらえる？」

我慢しきれず松島が口を開いた。

「お前、なんでそんな偉そうなんや。ここ俺らの行きつけやって知っててやっとんの？」

「ええっ？」

荒井は驚いたようで、グラスを持ち上げたまま固まっている。

「俺ら二人が来てしっぽり飲んでるんだから、わかるだろ」

どうにも変なやつだ。しかもどうやってここを見つけたのかも不思議だ。初見で入りやすい店ではない。

「……ということは、マスターもお知り合いで……」

尾根が笑顔で会釈《えしやく》する。

「なんと！　これは大変な無礼を、申し訳ありませんでした！」

バーカウンターに額をつけそうなほど頭を下げたので、思わず笑ってしまった。

「お前さ、わかった途端、急に態度変えんなや」

荒井はまだ頭を下げている。

「ま、いいじゃない。先生、お名前なんておっしゃるんです？」

尾根が尋ねると、荒井はさっと頭を上げた。

「はっ！　荒井と申します！　麻布中央病院外科の荒井でございます、どうぞよろしくお願いいたします」

「店主の尾根と申します。よろしくお願いしますね」

そう言うと尾根は奥に下がった。

「で、お前何でここ来たの？」

「え？　いえ、わたくしちょっと調査を……」

「だから調査ってなんやねん」

松島が苛立《いらだ》たしげに聞いた。

「……いや実はですね、今度わたくしの付き合っている人が東京に遊びに来るというので、どこにお連れしようかとあちこち探しておりまして」

「えっお前、彼女おるの？」

松島は意外そうな顔だ。

「ええ、一応おります。学生時代からの付き合いでして、いま神戸で医者をやっているのですが、これがなかなかいい人でございまして」

「あっそ」

聞いておきながら、松島はあまり興味がなさそうだ。

「まっちゃん、もっとくわしく聞いてあげなよ」

「ん？　そう？」

ちょうどその時、音楽が聞こえてきた。

「ん？　なんだこれ？」

聞いたことがあると思ったら、００７《ダブルオーセブン》のメインテーマだ。荒井のスマートフォンだった。

「はっ！　申し訳ありません！　はい、荒井です」

電話に出ながら席を立つ。

「ええ、左様《さよう》ですか」

喋《しゃべ》りながら荒井はそのままドアを開けると店を出ていった。

「……せわしないやっちゃな」

松島はグラスのビールを飲み干した。体が少し揺れている。

「あいつ、この辺住んでるのかな。だったら俺近所だ、嫌だな……」

尾根にビールのお代わりを頼むと、松島は目をつぶっていた。

「あれ、もう眠いの」

「ん」

そう言って腕を組むと、すぐにいびきをかきだしてしまった。無理もない。昨日もほぼ徹夜みたいなものなのだ。それにけっこうな量のアルコールが入っている。

剣崎はカウンターに両肘をつき、手を組んだ。なんとなく、松島と京子の恋の行方を勝手に想像してみる。似合わないことはない。年齢もちょうど良さそうだし、お互いの仕事もよく知っている。この大柄で繊細な男と、一見お嬢様だが飲むと破天荒な酔い方をする女。いいかもしれない。

そんなことを考えていると急にドアが開き、荒井が駆け戻ってきた。

「先生方、申し訳ありません。いま救急外来から電話で、腹痛でショックバイタルの患者がいるようでして」

ショックバイタルとは、血圧が下がり脈拍が速くなっている状態で、大出血や重症感染症など危機的な状況のときに現れる。

「え？　ショック？」

「はい、90歳の女性だそうですが、救急の先生は汎発性腹膜炎《パンペリ》ではないかと」

「まっちゃん」

剣崎は松島の肩を揺さぶった。

「……ん？」

松島が頭を振りながら、目を開けた。

「救急外来にパンペリだって。行こうぜ」

「ん、ああ。え？　今？」

「うん、荒井に電話が来た。尾根さん、ごちそうさま」

「気をつけて。若い先生は俺がおごるよ」

「すみません！　ありがとうございます！」

荒井がまた深く頭を下げる。

「いいからお前は外でタクシー捕まえてこい」

「はい！」

そう言うと、勢いよく荒井は店を飛び出していった。階段を駆け上る音がする。

財布を開きかけた松島を制し、会計をして店を出ると、すでにタクシーが止まっていた。荒井は二人を見るやドアを押さえ、頭を下げた。まるでホテルのベルボーイだ。

「お前、そういうのはいいから。じゃ、行こうぜ」

「行こか」

「先生方、よろしくお願いいたします！」

そう言うと荒井はドアをしめ、自分は助手席に乗りこんだ。

「麻布中央病院まで、大至急！」

タクシーは麻布十番の街を後にした。

ふた晩続けて病院から呼び出しになる。これが外科医の日常なのだ。

大丈夫、今日も頼もしい相棒が傍にいる。

第二章　俺たちは神じゃない

　タクシーの窓から見える、無言のままぬっと立つこの暗い建物の中には、何百人もの人間がベッドの上で横になっている。ある者は痛み、ある者は熱にうなされ、またある者は命を終えようとしている。音を発しているわけではないのに、なにか人間の可聴域を超えた周波数の低音が聞こえているように感じる。

「救急入り口」と書かれた赤く光る看板の前で松島・荒井に続いてタクシーを降りると、自動ドアから病院に入った。

「先生方」

　先陣を切って歩いていた荒井が振り返った。

「まずはわたくしが診て参ります。おふたりはどうぞ医局でごゆるりと水などお飲みになり、わたくしの報告をお待ち下さい」

「え、いいよ。一緒にここまで来てるんだし」

変なことを言うやつだ。

「いえ、剣崎先生。当院の後期研修医として、ファーストタッチはまず自分がせねばなりません。しかるべき検査などさせていただき、もしお願いする必要がございましたら先生方をコールさせて頂きます」

何を言ってるんだ、と口から出かかったが、松島に肩を押さえられた。

「ええやん、ウチではいつもそうなんやし。きっちり診て、漏らさず報告せえよ」

「では、行って参ります」

そう言うと剣崎の返事を聞く間もなく、荒井は救急外来へと去ってしまった。

「ま、いいか」

「俺らちょっと酒臭いかもしれんしな」

「それはあいつも一緒じゃない？」

話しながら医局へと向かう。

夜の院内は消灯していて、最低限の廊下の灯りしかついていない。４階の医局前に着き、暗証番号を押して扉を開けると、部屋の中はまるでコンビニエンスストアのようにすべての灯りがついていて、目にこたえる。

ＰＣが置かれ、本や書類が積み上げられた医師たちの個人デスクが向かい合わせで並ぶ。剣崎のデスクは大きなデスクトップにモニターが置かれ、書類立てやホワイトボードがそれなりに整って置かれているが、松島のデスクは崩壊寸前と言ってもいいほど書類や雑誌が高く積まれている。ごくわずかに開いたスペースに、申し訳程度にマックのノートパソコンがひとつ置かれていた。

奥まで入ると、ラウンジスペースの真新しいクリーム色の３人がけソファに勢いよく座る。ウォーターサーバーで松島が紙コップに水を注いで渡してくれた。

「お、サンキュ」

めったについていない50型の大きなテレビがあり、真ん中の大きな低いテーブルを挟んで４脚の長いソファが並ぶそのスペースは、医師たちが昼食を取ったりテレビを見て休憩したりするところだった。

向かいのソファに松島がどっかと座る。

「誰もおらんな」

松島の顔は赤いが、まだ飲み足りないようだ。

「まだそんなに遅くないのにな」

壁の時計は11時ちょっと前を指している。

冷たい水が喉《のど》を通る。咽頭《いんとう》の粘膜に這《は》っていたビールを胃まで押し流す。

「まあまあ酔ったな」

「まっちゃん、けっこう眠そうだったもんね」

この病院の医局は毎日、平日も休日も、年末年始であっても24時間灯りがついている。当直の医師などが夜遅くまで仕事をしているし、いまの我々のように夜中に呼び出されて登院する医師も少なくないからだ。

今日は珍しく誰もいないようで、医局は静まり返っている。

松島は机の上に無造作に置かれたいくつかのスポーツ新聞から一つを手に取り、目を通しはじめた。向かいから見えるのは、米国に渡った日本人の野球選手が怪我《けが》を負い、アイドルが活動休止をするニュースだ。

ぼんやりその姿を見ながら、もう一口水を飲む。今から、2日続けての緊急手術になるのだろうか。そう思うとすぐに酔いは醒《さ》めてくるから不思議なものだ。

松島はまだ眠いようで、新聞をめくりながら大あくびをした。

「荒井、大丈夫かな」

「ん、まあ診断くらいは大丈夫やろ」

「そういえばあいつも一杯飲んでなかったっけ」

「せやな」

二人の笑い声が医局に響く。ひとしきり笑うと、また静まり返った。

昨日からのことを思い出す。

あのしょうもない稲田の出血。松島が来てからの恐ろしい縫合と止血。バーでの京子の泥酔《でいすい》と、その後の再手術。稲田への謝罪。そしてバーから再び病院へ。

数ヶ月も経《た》ったような気がする。しかしたった2日のあいだの出来事なのだ。

こんな生活を続けてもう何年になるだろうか。人の何倍も濃厚で、かつ特急で進んでいくこの人生。それともどんな人の人生も、こんな具合なのだろうか。

手元の紙コップを見た。少し力を加えると、水面が上がってくる。緩めると下がる。何度も繰り返しているうちに、向かいから松島のいびきが聞こえてきた。

気づけば松島はソファの背にもたれ、新聞を膝《ひざ》に載せたまま寝ている。無理もない。そう言えばバーでも寝ていたのだ。とはいえ、ここでずっと待っているわけにもいかない。

「まっちゃん」

声をかけたが反応はない。

「まっちゃん」

少し大きな声を出した。

「ん、ああ」

松島はだるそうに体を起こした。

「仮眠室で寝ようぜ」

「せやな」

共に立ち上がると、医局のさらに奥に3つ並んだ仮眠室にそれぞれ入った。仮眠室と言えば聞こえはいいが、大部屋を一部仕切っただけの2畳ほどの狭いスペースだ。天井近くの仕切りは開いているため、医局でだれかが話せば筒抜けだ。いびきをかけば医局内の人にも聞こえてしまうのだった。シングルサイズのベッドが一つ置かれているだけで、ほかには床頭台も何もない。

鍵《かぎ》をかけると、薄い掛け布団《ぶとん》の上に倒れ込む。妙に柔らかいこのベッドはフランス製の高級品らしく、私立病院ならではの、疲れ切った医師への配慮だと聞いた。とはいえこんなもので疲れが取れるはずはない。

荒井は大丈夫だろうか。やはり救急外来まで付いていったほうが良かったのだろうか。酔いにまかせて病院に来てしまった。だが明朝のことを考えると、自宅に帰って寝るのとここに来るのとそう変わりはなく、むしろここで一晩寝た方が楽なくらいだ。いざという時にすぐ荒井のバックアップができるし。

右手でズボンのポケットを触り、白い縦長の、今どき病院でしか使われないような形をした院内用PHSがポケットにあることを確認した。

隣の仮眠室からいびきが聞こえてきた。舌根《ぜっこん》が喉に落ちた、地鳴りのような低い音。

ピピピピ　ピピピピ

院内用PHSが鳴っている。

眠っていたのか、起きていたのかよくわからないがズボンをまさぐりポケットから出す。荒井だ。

「はい」

「先生、夜分遅くに申し訳ありません、荒井でございます」

さっきまで一緒にいたから夜分遅くもなにもない。30分くらいは寝たのだろうか。

「おお、どう？」

「はい、診察したのですが、90歳の女性、主訴は腹痛でして、もともと夕方頃から痛みがあったのですが徐々に増悪《ぞうあく》したとのことで自ら救急要請となり……」

「いいよ、結論は」

荒井の報告はいつも冗長だ。丁寧なのはいいのだが、夜中には参る。

「は。痛み止めだけお出しし、お帰りいただきました」

「大丈夫なのね」

「ええ、はっきりしない腹痛はあるのですが、なにぶん反跳痛《リバウンド》も筋性防御《デファンス》もないようでして」

90歳女性、夜中のはっきりしない腹痛。よくある症例《ケース》だ。何十人、何百人のなかに一人の頻度で潜む重症さえ見逃さなければ、たいていは便秘かあるいはなんでもないかだ。まあ心配いらないだろう、荒井も4年目だ、救急外来ではずいぶん経験を積んでいる。

「了解、おつかれ」

「はっ、ありがとうございます！　また何かございましたら、ご相談させていただきます」

夜中でも変わらぬ慇懃《いんぎん》な口調にうんざりしたが、ともかく電話は切れた。院内用PHSの画面に、12時ちょっと過ぎを示すデジタル文字が表示されている。

少しでも寝よう。明日もまた忙しい一日になる。

隣の仮眠室からは、いつの間にかいびきは消え静かな寝息だけが聞こえている。

＊

ピピピピ　ピピピピ
次に院内用ＰＨＳが鳴ったのは、それから3時間ほど経ってからのことだった。

「何度もすみません、荒井です」

「どうした」

瞬時に目が覚める。

「お休みのところ、このような深夜に大変申し訳ありません」

「いいから早く言え」

「あの、実は……さきほど鎮痛剤で帰した患者さんが救急搬送されてきまして」

言いづらそうだ。

「え？」

なにがあったのだ。体を起こし、ベッドから立つ。

「どうやら汎発性腹膜炎《パンペリ》のようでして……」

「汎発性腹膜炎《パンペリ》？　だってお前、さっき反跳痛《リバウンド》も筋性防御《デファンス》もないから帰すって」

汎発性腹膜炎《パンペリ》とは、胃や腸に穴が開いてしまった結果、腹腔《ふくくう》内に消化液や便が広がり、全体に腹膜炎を起こす致死的な状態を意味する。それを疑う診察上の所見としては、お腹《なか》を押してからぱっと離すときに痛みが強まる反跳痛《リバウンド》と、板を入れたようにお腹がカチカチに固くなる筋性防御《デファンス》がある。先ほど、荒井はそれらの所見がないため、汎発性腹膜炎《パンペリ》の心配はなしとして患者を家に帰したと言っていた。

それが、救急車で戻ってきて汎発性腹膜炎《パンペリ》とはどういうことだ。さっき診たときに見逃したか、あるいは帰ってから胃や腸などが穿孔《せんこう》したか。いずれにせよ、まずい。90歳で汎発性腹膜炎《パンペリ》はかなり死亡率が高い。若い人なら手術しないこともないではないが、なにせ高齢者だ、早く腹を開けなければ。

そこまで瞬時に考える。

「ともかく、行くわ」

「はっ、申し訳ありません」

謝るなら患者に謝れよ、と言いたかった。ひとまず、1秒でも早く腹を開けることだ。緊急手術だ。

仮眠室を出て、医局へと足早に歩き出す。隣に松島が寝ていることを思い出した。汎発性腹膜炎《パンペリ》の手術だけなら起こすこともないが、まずは患者を診てからだ。急いで自分のデスクの椅子《いす》の背もたれにかけてあった白衣を取り、医局を出て救急外来へ向かう。

明るい医局とは対照的に、廊下は非常灯のわずかな光しかない。深夜だが、体はそれほど重くない。

＊

救急外来の扉を開けると、顔馴染《なじ》みの看護師が立っていた。

「剣崎先生、お待ちしてましたよ」

「ゆり恵《え》さん」

けっこう歳《とし》はいっているが、安定感に定評があるのが、この洞田《ほらた》ゆり恵だ。どこの病院にも一人はいる、世話好きのおばちゃん風、よく喋《しゃべ》るナースだ。余計な情報も多い反面、若い医者のフォローなんかも上手にやってくれるので医師に人気があった。

剣崎は少しホッとした。

「汎発性腹膜炎《パンペリ》らしいですね」

背の低い見た目に、パーマがかかった肩までの髪をおろしている。白いパンツスタイルのナース服のゆり恵はすでに状況を把握していたらしく、

「ええ、そうなのよ。最初来たときは痛みも弱かったので帰したみたい、私そこ付いていなかったのよ、ごめんなさい。でも今はもう汎発性腹膜炎《パンペリ》、完成しちゃってるわ」

そのへんの看護師とはレベルが違う。というか、研修医よりもはるかに患者を診られる。

「荒井は……」

「いま動脈血ガス《ガス》取ってもらっています。はい、こちらのベッド」

ゆり恵がひょこひょこと歩き誘導する。ポッポッポッポッという速いモニターの音とともに、ぐったりと目をつぶったままベッドに横たわる女性がいた。ガリガリに痩《や》せ骨盤が浮き出た下半身は顕《あらわ》になり、ベッドサイドでしゃがみこんだ荒井が足のつけ根に注射器を刺している。白い陰毛が数本、恥骨のあたりから生えている。

モニターには血圧72／38、脈拍１３８と表示されていた。

いわゆるショックと言う状態で、かなりひどい脱水状態だ。

「まずいな……ゆり恵さん、点滴全開にして」

「はい。あと、もう1本ルート取りますよね？」

「はい、お願いします」

「ええ、急ぐわね」

その声で荒井が振り返った。憔悴《しょうすい》しきった顔だ。

「先生、申し訳ございません」

「いいから早く取れって」

「はっ」

何度も針を刺しては注射器を引くがなかなか取れない。苦戦しているようだ。

「血圧が低いから難しいんだよ」

聞こえているのかいないのか、荒井の大きな背中は反応しない。集中しているのだろう。

これでは話を聞くことができない。

「ゆり恵さん、どんな？」

点滴の準備をしながらゆり恵が答える。

「15分くらい前に救急外来に着いたの、なんか近所の人が救急車呼んだらしくて。そのときは意識《レベル》も痛みに反応するくらいで、お話はできませんでした。お腹を押さえて呻《うめ》いていて、荒井先生が触ったら硬くて。血圧測ったらこんな低かったので、あわてて ルート取って採血して、それで剣崎先生にコールしてもらったのよ」

「1回目、帰してから何時間くらい？」

「3時間くらいかしら」

ゆり恵は患者の腕に駆血帯《くけつたい》を巻き、血管を見つけてアルコール綿でさっと拭《ふ》いた。

「家族は？」

「いないんですって。遠方にも身寄りはないみたい。ちょっとごめんなさいね、ちくっとしますよ！」

そう言うと、あっという間に点滴の管を血管に入れた。これほどの脱水だと血液が減るため、ペラペラな静脈が虚脱して技術的にはかなり難しいのだが、簡単に入れてくれるのがゆり恵さんだ。

「さすが」

「先生、いいから動脈血ガス《ガス》代わってあげて」

見ると荒井は額に玉の汗をかきながら、足の付け根に針をブスブスと刺している。

「手、代えよう」

荒井はまだ粘っている。こういう「刺しもの」は、一度ドツボに嵌《はま》ると絶対にうまくいかない。そういうとき、「手を代える」と言って、他の医師に交代するのだ。交代するだけで、簡単に取れることが良くあるのを熟練した外科医は知っている。

「はい、申し訳ございません！」

荒井は悔しそうな顔をした。

「それより全身状態を見ろよ。ルート1本じゃまずいだろ。あと何をするんだ」

「はっ！　ええと……心電図を取って、手術室に早めに連絡致します」

「いや全身状態だって言ってるだろ。このまま行ったら心臓止まるぞ。早く昇圧しろよ」

そう言うと、「ゆり恵さん、ノルアドレナリン《ノルアド》大至急お願い」と伝えた。

「了解、もう準備してあるからね」

その直後だった。

モニターから、リリリリン　リリリリンというけたたましい音が鳴る。

心臓の電気運動を示す波形は、サメの歯のようにギザギザとしている。

「心室細動《VF》だ！」

「えっ！」

荒井が振り返ってモニターを見る。

心室細動《しんしつさいどう》とは、心臓の壁が無秩序に動いてしまい、体中に血液を送り出すために有効な収縮をしていない状態を指す。つまり、心臓が止まっているのと同じ状態だ。

すぐに患者の首に人差し指と中指を当て、頸《けい》動脈を触る。拍動はない。

「荒井！　心臓《シン》マッサージ《マ》！　ゆり恵さん、アドレナリン！」

「はい！」

荒井がすぐに患者の横に立つと、胸の真ん中を太い両腕で押し始めた。

「イチ、ニ、サン、シ、ゴ、ロク、ヒチ、ハチ」

数える荒井の声とともに、ベッドがギシ、ギシと音を立てた。

「ごめん、ゆり恵さん背板《せいた》持ってきて！」

背板とは、胸を強く押す心臓マッサージを有効にするため、患者の背中の下に入れて心臓をしっかりへこませる板のことである。通常患者は柔らかいベッドに寝ているため、胸を押しても沈み込むだけで、心臓に力が伝わらない。

それでもさすがに筋肉を鍛えている荒井だけあって、肋骨《ろっこつ》が折れる音がボキ、ボキと聞こえた。もはや肋骨など何本折れても関係ない。

呼吸も止まっているだろう。救急外来を見渡したが他に看護師はいない。

赤い救急カートからアンビュバッグと呼ばれるラグビーボールのような形のバッグを出す。口に当てるマスクに装着すると、酸素を繋《つな》ぐ細長い緑のチューブを酸素ボンベに繋ぐ。慌《あわ》てているからか、酒を呑《の》んだ後の深夜だからか、手元が定まらない。口が広がったチューブを金属の突起に押し込むのに、手間取ってしまう。

「貸して先生」

板を荒井に渡したゆり恵は、手早くチューブを接続してくれた。

「ありがとう」

急いで手袋を着ける。患者の顔に三角形の形をした大きなマスクを当てると、左手の薬指と小指を患者の顎《あご》にひっかけてぐいっと起こす。親指、人差し指、中指の3本はマスクをぐっと持って顔に押し付ける。この「マスク換気」という技術。研修医のころ麻酔科で教えてくれた、メガネの似合う独身の麻酔科医の「力なんていらないし、手が小さくてもできるの。私でも出来るんだから」という言葉を思い出す。あの麻酔科医は35を過ぎて独身だった。いまでも独り身だろうか。それでも片手だけで顔とマスクを密着させるのは、見た目ほど簡単じゃない。

それにしても小さな顔で、普通の成人用マスクが顔のほとんどを覆《おお》ってしまっている。高齢女性は、どんどん体が小さくなる。身長130センチ台なんてザラだ。身長が縮むのは筋肉や背骨が曲がるので理解できるが、顔まで小さくなるのはなぜなのだろう。

短く細い白髪が、マスクに数本巻き込まれている。外してあげたいが、右手はバッグを数秒に一度揉《も》んでいるので手が離せない。

荒井は変わらず数を数えながら心臓マッサージをしている。

「やべ、時間って測ってたっけ」

「ええ、もうすぐ2分です……はい、2分」

「じゃあ一度脈を見よう」

心臓マッサージをしていた荒井が手を止め、モニターを凝視する。

1秒、2秒、3秒……全員で黙って見つめる。

ピッ、ピッ、ピッ、ピッ、という音に同期して、モニターには、心臓の動きを表す尖《とが》った波形が出ていた。

「心迫再開！　よっしゃあ！」

荒井が叫ぶ。ゆり恵も「いいですね！」と言った。

頸動脈を触ると、遠くにびん、びん、と弱い拍動が触れる。

「脈も触れる。ゆり恵さん、血圧測って」

手元のマスクでは、吐いた息の圧力を感じた。自発呼吸があるのだ。こけた頬がわずかに膨らみ、凹《へこ》む動きを見せている。

それでもしばらくマスクで換気を続けたほうがいい。また、いつ止まるかわからない。顎にかけた指に力が入る。

荒井は両手を腰において突っ立っていた。

「何やってんだ、早くガス取ったり色々しろ」

「はいっ！」

慌てて動き出す。

その後も、換気を続けながら患者の様子を見ていた。血圧は85を超え、徐々に安定してきている。剣崎は考えた。

心停止を一度起こしたが心迫は戻った。しかし腹膜炎という原因は除去できていない。今回の心停止は、脱水により血圧が著しく下がって起きたのだろうが、お腹がそのままならまた数時間以内に心臓は止まるだろう。結局のところ手術をしなければ、救命はできない。しかし身寄りのない、90歳にどこまでやるか——。

ちらと女性の顔を見る。無数の皺《しわ》に包まれた目。骨の形がわかるほどこけた頬。薄い黄色のカーディガンのような羽織物と、白い丸首のシャツ。手首に巻かれた輪ゴム。この小さな体は、それでも必死に生きてきたのだ。

これまで何度、こんな意思決定をしてきたのだろう。80歳代で緊急手術をし、救命できたが術後4日目に脳梗塞《のうこうそく》になり話せなくなった患者。救命できたが透析になってしまったら、一人娘に「そんなことを頼んだ覚えはない」と詰め寄られた90歳代の消化管穿孔《せんこう》患者。

深夜の救急外来で、相談相手など誰もいない。患者の生死を、そして何百万円もの医療費を投ずるかどうかを、いまこの自分一人で決めるのだ。松島は……起こす気にはなれない。同じ学年の外科医が二人集まっても、船頭多くして船山に登るだけだ。覚悟を持ち、結局は自分が決断するしかないのだ。

そうは思いつつも、口にしてみる。

「荒井、どうする」

「はっ！　どうすると言いますと」

電子カルテのパソコンに向かいカルテを書くべくタイピングしていた荒井が振り返

る。

「いや」

荒井はきょとんとしていた。この患者を切るかどうか、そこなのだ。ゆり恵にも話を振りたかったが、点滴を取りに行ってしまっている。患者本人に聞いてみたいくらいだが、当然話などできる意識状態ではない。時間はない。今すぐ手術を決めても、腹が開くのは最短で今から40分はかかるだろう。

荒井がカタカタとキーボードを叩《たた》く音が、夜中の救急外来に響く。

手術《やら》しなければ見殺し。やれば「誰のためにやったんだ」と非難されるかもしれない。切りたかっただけではないのか、と思う者もいるだろう。

もう一度、老婆《ろうば》の顔に目をやる。頬がこけ、歯が一本もない小さな顔。手袋の上にぱらぱらとかかるなめらかな白髪。シワの深く刻まれた額。小さな体は背骨が丸まっている。

決めるのは誰なのか。人の生き死にを決めるのは神ではないのか。今自分にはこの人間を救えるかもしれない技術がある。それだけの人員も、施設もある。本人の希望がわからないのなら、生存が伸びる方向に最大限努力するのが普通の感覚なのではないか。あとで何か言われるかもしれない。しかしそれはこの患者には関係ない、俺の問題だ。俺の生き方が問われているのだ。

「よし、やろう」

「はっ！」

荒井が威勢のいい返事をする。

「オペだ。緊急オペの準備を」

「えっ！」

荒井は驚いた表情を見せたが、すぐに同意するといった表情でうなずいた。

壁の時計は3時15分を示している。

「朝までは待てない。今からやるぞ」

まずはＣＴでどこが原因かを探る必要がある。腸の穿孔部位がわからなければ手術もできない。

「俺は手術室と麻酔科、輸血部に連絡するから、ＣＴ撮っといて」

「承知いたしましたっ！」

荒井は勢いよくキーボードを叩き始めた。

＊

「メス」

バイオリン弓把持法《ゆみはじほう》で持ったメスを、白い腹、へその少し上に当てる。

「お願いします」

「お願いします」

「お願いいたします！」

荒井の声だけが妙に響く。

軽く持ったメスを、サッとへそごと下腹部まで動かす。そこまで1秒もかからない。花火が上がっていくように、パッパッと赤い血が吹き出していく。荒井がすっとガーゼで血を押さえる。これだけの高齢だから、たいして切らなくてもすぐに腹の中に到達する。

手術が始まったのは4時少し前だった。当直の麻酔科医に電話したら瀧川京子だったのは幸いだった。彼女の麻酔の導入は早く、他の麻酔科医の半分の時間ほどしかかからない。おまけにこういう全身状態が悪い患者——しかも一度心停止もしている——では、麻酔をかける時に血圧が下がり再び心臓が止まってしまう可能性もある。その点、京子の麻酔は見事だった。きっと院内で寝ていたのだろうが、眠そうな素振りを見せないところもありがたい。

深夜の緊急手術を嫌がる麻酔科医は少なくない。「本当に今必要なんですか？」などと言われ、外科医が頭を下げてやっと麻酔をかけてくれることさえあるのだ。午前4時とは思えぬほど、京子の麻酔はてきぱきとしていた。

「電気メス、鈎《こう》ピン」

じゅうっという音とともに電気メスで止血をしていく。まるで餅《もち》つきのように、荒井が拭いたガーゼを離した瞬間に電気メスを当てる。タイミングが合わないといつまで経っても止血できないのだが、なかなかいいテンポだった。

「じゃ開けるよ」

そう言って、ペラペラのセロファンのような腹膜をそのまま電気メスで切った。

次の瞬間、茶褐色の液体が大量に出てきた。

言う前に荒井は吸引管で液体を吸引している。

「吸引《サクション》」

「完全な便汁ですね」

「ああ、けっこうなもんだな」

「うん、穿孔部位は、大腸でございましょうか？」

「CTの読み通りS状結腸だろうな」

あっという間に手術室は便のにおいでいっぱいになった。

「くっさ……」

荒井が顔をしかめる。

目が覚めて丁度いい。この程度で顔をしかめるのは、まだ駆け出しの証拠だ。お腹の中に膿《うみ》をこさえて数日経った患者の開腹のときの臭《にお》いは、こんなものではない。

「吸引、もう1個ある？」

器械出し看護師が準備していたようで、すぐに渡された。強引に腹の中につっこむと、ジュルルルという音とともに透明な管が一気に黄土色になった。

「バイタル、大丈夫？」

患者の頭側をちらと見ると、京子と目があった。

「はい、安定してますよ、剣崎先生」

こんな時にでもにっこり笑えるのは、京子の高い技術と余裕のなせるわざだ。

しばらくして吸引管が便汁を吸う音がしなくなった。

「じゃあもっと大きく開腹《あけ》るよ」

指をわずかに開いた腹に突っ込み、自分の方へぐっと引っ張る。ほぼ同時に荒井も荒井の方へと引っ張る。ここまで引っ張っておけば、電気メスを少し当てるだけで腹膜は簡単に両側に切れていく。

さーっと下腹部まで切っていった。一番下、恥骨の辺りにさしかかった。

「ここ、調子乗ると膀胱《ぼうこう》に穴開けるからね」

独り言のようだが、荒井は聞いているだろうか。

「は」

「じゃあウンドリトラクター」

顔ほどの大きなリングが二つビニールで繋がれたこの道具をもらうと、片方のリングを腹の中に突っ込み、もう一つを外で広げる。荒井とテンポを合わせて巻いていく。サランラップのようなビニールで創が保護されるとともに、ぐっとお腹が大きく広げられる。一挙両得の優秀な道具だ。患者の腹は大きく広げられた。茶褐色の便汁にまみれた腸と脂肪があらわになる。

「吸引」

荒井が吸引管を突っ込み、残った汚い液体を吸う。

「うん、やっぱりS状結腸だな、穿孔部は」

「そうですね……あれ？」

荒井が吸引管の先でなにかをつつく。腸から飛び出している形の、銀色のものだった。

「なんだこれ？　これが穴開けたの？」

左手を突っ込み触ると、硬い金属だ。それほど大きくはない。

「え……？」

手に入っていたのは、便まみれのキーだった。家の鍵のようだ。先端がかなり尖っており、その部分が腸に穿孔させたらしかった。

「腸に鍵って、どういうことです？　食べちゃったんでしょうか？」

「おかしいな。これを飲み込んだんだろうか」

異食《pica》。昔、ティッシュと紙おむつを大量に食べて腸閉塞になり、手術をした患者がいた。異食は認知症の一症状だ。しかしこれほど硬い金属を飲み込む例は、あまり聞いたことがない。

「なんで鍵なのでしょうか。本人が食べたのか……それとも？」

荒井の鼻息が荒くなる。

「わからない」

「よくぞ胃も十二指腸も小腸も越えて、ここまで来たものです」

荒井は感心している。

「とりあえず俺たちがやるのは、救命することだけだ。急いで腸を切って人工肛門《こうもん》を作ろう。荒井、ハルトマン手術ってやったことあったっけ？」

「いえ、ありません。開腹《オープン》ではS状結腸切除もほとんど見たことがありませんね」

これだ。外科界の新人類と呼ばれる、荒井と同世代の外科医は、とにかく開腹手術を知らない。細長いカメラと手術器具のみを用いてモニターを見ながら執刀する小さいキズの腹腔鏡手術が全盛のこの時代に、外科医として育った弊害だ。いざ、このような緊急手術で大きく開腹《あけ》てやる手術が下手なのだ。

腹腔鏡手術は、1990年代に始まり、少しずつ普及していった新しい技術である。当初は「いたずらに手術を難しくするだけで、患者へのメリットはない」と重鎮医師たちから強く批判されていた。しかし他の業界のイノベーションと同じように、開腹手術にこだわる世代の外科医が引退してからというもの、腹腔鏡手術は爆発的に普及した。

たしかに技術的には難しくなるのだが、腹腔鏡手術に特化した、直径8ミリ、細長いカメラの画質は今や4Kとなり、肉眼を遥《はる》かに上回る解像度で腹の中を見せてくれる。同時に、血を止めたり血管をシールして切ったりする特殊な器械が発達したため、難易度は下がってきた。

なにより外科医たちを惹《ひ》き付けたのは、手術後の患者の回復具合だった。開腹手術では痛みで数日は動けないが、創の小さい腹腔鏡手術では翌日から歩ける患者がほとんどなのだ。

しかし、弊害はこういうところにはあるのだ。

「わかった、じゃあ今日は俺が執刀《や》るからよく見とけよ。視野が遠いだけで、腹腔鏡《ラパ》と同じだから」

「ははっ、かしこまりました」

まずS状結腸を引っ張らせて膜を切り、尿管と卵巣《らんそう》動静脈を背側へ落とす。それらをここで切ったらアウトだ。次に太い太い大動脈から直接生えている3ミリメートルくらいの太さの下腸間膜動脈をむき出しにしていく。損傷してしまったら大出血になる。左結腸動脈が分かれるところを確認し、それより下で血管を切る。腸を左右から電気メスで切り剝《は》がしていき、孔《あな》の空いた所より肛門近くに至る。奥深く、30センチメートルの道具がやっと届くかどうかだ。明かりも入らない。それでもひたすら切った。腸を切ると、腹の中を10リットルの生理食塩水で洗い、腹を20針ほどで縫い閉じると人工肛門を左の腹部に作る。普通であれば2時間はかかる手術を、たいした出血もなく1時間ちょっとで終えたのだから我ながら集中力は尋常ではなかった。切りながら、これは荒井のようなビギナーにやらせてはいけなかった、と思った。

「ありがとうございました」

パチン、とお腹の皮膚を縫う最後のナイロン糸を切ると、ふう、と息をついた。

「ありがとうございましたっ！」

荒井の声は興奮気味だ。手術の途中、剣崎の縫うスピードに荒井の結紮《けっさつ》がついてこられない時間帯もあったが、それでもなんとか食らいついてよくやったと思う。

風船がしぼんでいくように、一気に全身から力が抜けていく。集中がほどけた、つまり交感神経がゆるみ副交感神経が優位になってきたのだろう。立っていられない。

よろよろと手術台から離れると、青い紙製のガウンを破り脱ぎ捨てる。手術室の端に座り込むと、目をつぶった。そのまま床に吸い込まれていく。

「先生、帰室します」

荒井の声が聞こえると同時に、尻の痛みに気づいた。

どうやらあのまま手術室で座りこみ、十数分間眠ってしまったようだった。手術中ずっと首を下に折っていたせいで、首と肩が重い。立ち上がると、腰までズキンとした。これくらいの手術であちこちガタが来るとは、老《ふ》けたものだ。

寝ている間にＩＣＵへ行くための準備が整ったようだ。ＩＣＵの看護師もすでに来ている。患者は麻酔で眠ったままだ。口から細長いネギのような挿管チューブがにょっと出ている。これがずれたり抜けたりしただけでこの患者は死ぬのだから、恐ろしいものだ。

手術室と同じフロアのＩＣＵに到着すると、こうこうと照らされた部屋の中には重症患者がひしめいている。14床という、比較的大きな規模のこのＩＣＵには、自力で呼吸をしている者はいない。患者を乗せたストレッチャーはベッドの間を抜けてゆく。奥から2番目のベッドがこの患者のために確保されていた。

いつの間にかICUの看護師が3人集まり、テキパキと手術室看護師や荒井に指示を出している。病棟のナースとは違う、白いズボンに臙脂《えんじ》色のスクラブという分厚いTシャツのようなユニフォームを身に付けた男女。超重症患者だけを診《み》続ける、特殊な技能と知識、加えて集中力を持つ彼らはまとう雰囲気まで異なっている。そのうちの一人の男性看護師は細身に坊主《ぼうず》頭で、頭まで細い。まるで修行僧のようだ。名前は知らないが、彼がこの時間帯のリーダーだった。

「それでは移動します。イチ、ニ、サン」

体の上にドレーンと呼ばれる透明の管と、その先の半透明なバッグが4つ置かれ、さらに点滴のラインが4本、心電図のモニターの赤・黄・緑のコードがごちゃごちゃと絡《から》まっている。ICUのベッドに移されるやいなや、坊主頭と他のICU看護師があっという間にさばいていく。自然と、遠巻きに見るだけになる。

「いやいや、先生、本当にありがとうございました」

外科医用のブルーのマスクを胸のあたりにぶらさげた荒井はそう言うと口をにっと開いた。不敵な笑いだ。

「ああ、問題は」

「これから、ですね」

メガネを押し上げながら得意げに荒井が続ける。

「たぶん頭は大丈夫だろうけどな」

心臓が止まった時間が5分もあると、ふつう脳が虚血に陥り広範に壊死《えし》する。その結果、意識が戻らなくなる。しかしこの患者の場合、心停止してからすぐに心臓マッサージを施したので脳の血流はほとんど途絶えていないだろう。

「心臓マッサージ、わたくし頑張りましたから」

ひげを触りながら誇らしげに言う荒井を見ていたら、急に疲れを感じた。

「ええと、家族にムンテラはしたんだっけ」

「いないんです、先生。ご家族」

そうだった。身寄りがないのだった。

「了解。これから、やることはわかる？」

「はい、ノルアドレナリンを使用して血圧を保ちつつ、抗生剤を使って参ります」

「血圧が保てなければ？」

「……ノルアドレナリンの投与量を増やして参ります」

「上限《マックス》まで行ったら?」

「ええ、いやあ……先生……手厳しい」

苦笑いをして黙ってしまった。分かっていなさそうだ。

「あとは浸透圧の高い濃厚赤血球やアルブミンを投与してなんとか血管内ボリュームを保つか、だな」

「はっ」

「他には?」

「ええと」

ベッドでは看護師たちがチューブ類をまとめたり血圧を測定したりと、せわしなく動いている。

「いいか、いまこの患者にはサイトカインストームが起きている。だから」

サイトカインストームとは、IL-1、IL-6などのタンパク質であるサイトカインという物質が全身に嵐のように巡り巡った結果、血圧が下がったり血栓を作りやすい播《は》種性《しゅせい》血管内凝固という状態になり、多臓器不全に至るものである。

「あ、透析でしょうか」

「そう。血中のサイトカインを除去しなきゃ、どれだけ色んなものを入れても駄目だ。

血圧が低すぎると透析も危ないけど、基本的にはこういうときは持続透析をやる」

「そうですね、たしかに」

分かったような口をきくので、少し苛立《いらだ》つ。

「荒井、お前、持続透析まで回した患者を診たことあったっけ？」

「すみません、そこまでの患者は経験したことがございませんでした」

「ここは勉強しとけよ」

荒井はすぐ知ったかぶりをする。これまで何度も注意をしたが、なかなか直らない。虚勢を張りたがるのは、筋肉トレーニングが好きなことと無縁ではあるまい。知ったかぶりをする医師は、必ずといっていいほど極めて基礎的な事柄を知らなかったりする。結果、死亡事故とまでは言わないまでも、患者に重大な不利益を起こすことがままあるのだ。いちいち馬鹿《ばか》のように聞いてくるという姿勢が、修業中の医者にはとにかく大切なのだ。

しかし緊急手術後の朝方に、説教する気にはなれない。

「荒井先生、いろいろ指示聞いてもよろしいですか」

坊主頭が言った。モニター類や点滴の整理が終わったようだ。

「うん」

看護師には敬語を用いず、荒井が指示を出し始める。

血圧がいくつ以下に低下したときにはこれこれ、血圧がいくつ以上になったらこうして、点滴の速度、採血の指示、そして人工呼吸器の指示……。膨大な数の指示をなさなくてはならない。これらをすべて伝えた後に、電子カルテにその指示内容を文字で入力する作業もある。ときどき「血圧はもうちょっと厳し目に見たほうがいい」などと口をはさんでおくが、おおむね問題はなさそうだ。

耳でなんとなく聞きながら、患者の顔を見た。

額からこめかみ、頬から顎まで深い皺が三筋あり、目尻《めじり》や頬、額にも無数の細かい皺が彫られている。口から入れられた挿管チューブは、白いテープでバツの形に顔に固定されている。目は閉じられている。ＩＣＵの看護師が整えたのか、髪はだいたい後ろに流れていた。

この患者を救命した。意味はあったのだろうか。いや、意味なんて考えるべきではないのだろうか。

剣崎にはわからない。こういう経験を重ねれば重ねるほど、わからなくなっていくのだ。そんなことは外科医が判断することじゃない。そう思いたい。

この患者の救命を強く願う自分がいる。生きていることは、ほかの何よりも価値があることだ。そう盲目的に信じたい。

ひとまず、この患者の救命に全力を尽くそう。

剣崎は、立ったまま患者の女性の顔を見続けていた。

＊

「もしもし」

「あーごめん剣崎先生、今日荒井が救急外来《キューガイ》で重症患者を取って、一緒に診てるから今夜は行けへんわ」

金曜日、夜9時。ちょうどバー「The One」に向かって麻布十番・一の橋の交差点の信号を渡っているところだった。

「え、何系？　穿孔？」

「当たりや、下部《下部》消化管の穿孔や。なんやろな、今日急に寒《さむ》なったから気圧が下がったんやろか」

日中も1件、消化管穿孔の患者が来て、誰かが手術をしたと聞いていた。気候が大きく変わる時に、消化管穿孔や虫垂炎などの患者が増えるのは、たまたまだろうか。

そんな論文を見た記憶がある。

「荒井と？」

「せや。まあ研修医もおるから、やるなら3人でやっとくわ」

「わかった、じゃあおまかせするね。手が足りなくなったら呼んで」

「ありがとう、大先生」

明るく言うと電話は切れた。

また穿孔か。つい2日前の夜中に荒井と手術をしたばかりだというのに、このところやたらと多い。病院に戻ろうかとも思ったが、松島と荒井がいるのならまあ大丈夫だろう。

狭い階段を降りると、手に馴染んだ扉を開けた。

＊＊＊

「で、どんな状況なん？」

松島直武は荒井にたずねた。

この日の救急外来はいつになくたくさんの救急車や歩いてくる患者《ウォークイン》のおかげで騒

然としていた。看護師や他科の当直医師が大声を出したり、小走りで移動したりしている。

松島の目の前にいる、救急車から降りてすぐ移されたストレッチャーに乗っているのは、枯れ木のようなと形容していいほど痩せた高齢の男性患者だった。

仁王立ちになり、荒井は話し始めた。

「はい。90歳の独居の男性で、家でぐったりしているところを近所の人が発見、そのまま救急要請となったそうです。現着時から意識《レベル》が悪く、救急隊の話では、その近所の人によると認知症がかなりのものだったと言っておりました」

「かなりって？」

「家を間違えて入ることや、水道を出しっぱなしにしてしまって水道局の人が来たこともあったそうです」

「そらあかんな。てことは今日も、いつから調子悪いかわからへんやん」

「ええ、そうなんです。最近はヘルパーさんも来ていたみたいですが」

毛玉だらけの、薄汚れたグレーのズボンにはシミがたくさんある。上半身を包んでいるのは元々白い肌着だったようだが、全体がうっすらと黄ばんでいた。目の前に立っているだけで、尿の匂《にお》いがする。

「これでよう独居やったな」

「ええ、そうですね。ギリギリでしょうか」

「ギリギリ、アウトやろ」

「ま、そうとも言えますでしょう」

荒井は真顔でメガネを押し上げた。

「採血はそろそろ結果が出ると思います。とりあえず単純ＣＴだけ撮りましたので、見ていただけますか」

ストレッチャーの脇《わき》の電子カルテを急いで操作し、荒井はＣＴ画像を表示させた。マウスの真ん中のスクロールボタンでスクロールしていく。

「……まあこのように痩せておりまして、このあたりに腹腔《ふくくう》内のフリーエアーを認めます」

フリーエアーとは、文字通り遊離した空気のことで、胃や腸に穴が空いていることを示唆《しさ》する所見だ。通常、お腹《なか》の中には遊離した空気は全く存在せず、腸の中にのみ存在している。フリーエアーは「消化管穿孔《せんこう》」という緊急事態を示す基礎的な所見で、医学生でも必ず知っている。こういう高齢者の消化管穿孔の場合、ほとんどは急いで緊急手術しなければ命が助からない。

「で……ええと……」

「で？　穿孔部位はどこなん？」

松島は結論を言わない荒井に苛《いら》ついた。

「はい！　ええと、ちょっとですね……単純CTなので見づらくて……」

「なに言うとるんや。貸してみ」

荒井からマウスを奪うと、自らスクロールし始めた。

「ほら、ここや！　もっさり便が腸管外《エキストラ》にでとるがな！　これわからんのなら外科医とは言えんぞ」

「はっ！　申し訳ありません！」

荒井にマウスのポインタで示したのは、直腸の周りのモヤモヤとしたところだった。

「あっ！　そちらでしたか！」

「お前、わかっとらんやろ」

「いえいえいえいえ、先生」

わざとらしい笑顔を作るが、この反応の時は理解が追いついていないということを松島は知っていた。

「ホンマか。じゃあ指してみぃ、腸管のラインを」

「えっ、はい！　ええと、こちらから……こう……でしょうか」

「ドアホ！　お前普段何見とるんや。ここはこう、で、下はこうやろ」

言いながら松島はCT画像をスクロールし、腹腔内全体を見返した。

「あー、これはあかん。肝臓と脾臓《ひぞう》の表面まで便がいっとる。汎発性腹膜炎《パンペリ》やな、それもかなりひどい」

「ええ、そのようですね」

偉そうに言う荒井を怒鳴りつけた。

「アホ！　CTも読めんやつがなんや！」

「はっ！　すみません！」

荒井が固まっている。

「それはそうと……90歳、独居、パンペリ。家族は？」

「家族は……おーいおーい、看護師さーん！」

荒井は動揺を顔に貼《は》りつけたまま看護師を呼びに行ってしまった。

「自分、それさえ把握してへんのか……」

改めてCT画像をじっくり見る。久々に見る、ひどい穿孔だ、と松島は思った。腹を開けたらきっと、手で何度も便を掻《か》き出すようなことになる。大腸には拇印《ぼいん》くらいの、いやそれより大きい孔が開いているだろう。

ちらと患者に目をやると、棒きれのような手足がゆっくりと動いている。手術をしても五分五分よりもはるかに分が悪いだろう。救命できる可能性は低い。その患者に、手術を行うのか。その手術中に、若い重症患者が来たらどうするのか。

そんなことを考えているうちに、荒井が戻ってきた。

「先生、身寄りもないそうです」

「アホ、嬉《うれ》しそうに言うんやない」

「いえ、わたくしは……」

口ごもる荒井を見ながら、また思考は堂々巡りを始める。

救急外来を慌ただしく中年脳外科医の山本《やまもと》が歩き回っている。低い背にがっちりとした体型は、まるで柔道選手のようだ。脳外科は今夜当番のようで、近隣の脳外科疾患――つまりひどい頭痛やめまいの患者――が大挙して訪れている。

「身寄り、ほんまにないんか。誰か遠い親戚《しんせき》でもおらんのか」

「……そう看護師から聞いております。一度、ご本人に伺ってみます！」

「本人……わかるんか」

「ちょっと聞いてみます」

荒井は患者の耳元で大きな声を出した。

「斉木《さいき》さん、ご家族はいますかー」

患者はそれには答えず、左手を上げて呻《うめ》いた。

「斉木さん、ごーかーぞーくーはー」

「うう……ええ……」

調子が悪いからなのか、もとからこれくらいなのかはわからないが、ともかく話はできなさそうだった。斉木は手をおろした。視線も定かでなく、宙を見つめている。

「先生」

荒井が苦笑いを浮かべてこちらを見た。

「あかんな」

「ええ」

「どうするかやな……」

患者の腕に巻かれた自動血圧計がウイーンと音を立て、血圧を測定している。なんともなしに見ていると、

「78／42」

と表示された。

「あれ、血圧下がってきとるやないか」

「本当ですね。点滴、全開にしますか？」

「せやな……。いや、ちょっと待て。まだ方針が決まっとらんやろ」

そう言うと松島は腕組みをした。荒井が隣の丸椅子に座る。

「採血検査《ラボ・データ》は出たんか」

「見てみますね」

モニター画面に表示された20数個の数値の多くは、異常値を示す青か赤色になっていた。血を止める凝固機能の低下。白血球と血小板の低下。そして体内でなにかが腐っていることを示す数値の数々。

「これは……」

「けっこうな代物《しろもの》ですね」

松島は迷っていた。

この患者にどれだけのことを為《な》すべきなのか。認知症ゆえ本人の意志はわからない。まだ家族がいたら家族の意向に従う。しかし身寄りもないのだ。

「どうするんや……」

誰に言うでもなく、独り言を発していた。

「ちょっと来い」

松島はそう命じると立ち上がった。

「え？　はい」

この状況で患者のそばから離れるのは、一般的にはありえない。血圧が下がってきているのだ。

ちょうどこちらへ来た年配の看護師に、「ちょっと方針考えてる、5分で戻る、それまでちょっと血圧見といて」と伝えた。

早足で救急外来を横切ると、当直医が自由に飲めるよう備え付けられた小さい冷蔵庫から缶コーヒーを二つ取り出し、そのまま自動ドアから外に出た。荒井も慌《あわ》ててついてくる。ふだん救急車から患者が運び込まれるスペースだが、今は誰もいなかった。闇《やみ》の中で、「救急24時間応需」の赤い文字が浮かんでいる。

外は驚くほど静かだった。柔らかな風が少し頬に冷たい。まだ初夏とは言えない、梅雨前の湿気を含んだ5月の空気だった。申し訳程度に植えられた救急外来前の3本の低い植木は、やはり控えめに小さな葉をつけていた。

松島は病院の外壁に寄りかかると、黙って缶コーヒーを開けた。荒井も隣に立ち、同じようにする。

松島は黙って缶コーヒーを口にした。荒井も口を開かなかった。

遠くで、クラクションの高い音が聞こえる。

東京は六本木近くのこの街でも、麻布中央病院の周りは古い住宅が建ち並んでおり、静かだった。

上を向いたり下を向いたり、首をひねったりしてみる。荒井は一気にコーヒーを飲み干してしまい、手持ち無沙汰《ぶさた》のようだ。

「先生、あの……」

荒井がおずおずと声をかけてくる。寄りかかっていた壁から体を起こした。

「行くぞ」

「はい」

また早足で救急外来に入る。変わらず騒然とした室内では、看護師や医者が歩きまわってなにやら大声を出している。ほんの数分しか経っていないが、まるでさっきとは別の空間のようだ。

斉木のもとへ戻ると、モニターには、

[73／40]

と血圧が表示されていた。さっきと比べ、それほど下がってきてはいない。

「荒井」

空になった缶を電子カルテのあるデスクに置くと松島は告げた。

「手術《オペ》はしない」

「えっ?」

意外そうな声が返ってくる。

「手術適応無《インオペ》しや。このままここで診る」

「えっ? それはどういうことでしょうか?」

「そのままや。点滴もこのまま、昇圧剤なし、心停止しても心肺蘇生《CPR》はしない」

静かにそう言うと、松島は電子カルテに座り強いタッチでキーボードを叩き始めた。

「わかりました、ではご家族に説明してまいります」

「いやお前、家族おらんやろ」

「あっ、そうでした」

メガネを上げながら苦笑いする荒井に、松島はさらに苛立ちを覚えた。

「では、誰に同意を……」

それには答えず、松島は電子カルテのモニター上に斉木のカルテを展開させると、キーボードに手を置いた。

「大腸穿孔あり、糞便《ふんべん》が腹腔内に大量に漏出している。到着時より意識レベル悪く、その後血圧低下。汎発性《はんぱつせい》腹膜炎と播種性血管内凝固もあり、重症。高齢であり全身状態も悪く、耐術不能と考えられる。身寄りなし。方針としては、手術せずこのまま保存的に経過観察とする」

一気に書き上げると、最後のエンターキーを打つ音がパーンと響いた。

荒井は黙って後ろから覗《のぞ》き込んでいた。

「同意は、誰からも得られへん。俺とお前で決めるんや」

「えっ、わたくしもですか？」

「なに言うとんのや！　お前も医者やろ！　俺と同じ免許持っとんのやろ！」

荒井は小さい声で「申し訳ありません」と謝った。

その声を聞きつけたのか、先ほどの年配の看護師が姿を現した。

「あの、先生」

遠慮がちに尋ねる看護師に松島が答えた。

「オペはせずこのままここで看取《みと》る。家族おらんのやろ」

「あ、はい、おりません。一応ご近所の方が救急車に付き添ってお見えですが……」

「ご近所？」

「はい、なんでも親しくされていたとかで」

「家族やないんやろ？」

「はい、そう伺っています」

松島は荒井を見たが、素知らぬ顔をしている。

「その人に話したほうがええんか」

白髪が目立つその年配の看護師は目を細めた。

「ご家族はどなたもおられないので、せめてその方とお話になられてはいかがでしょう、先生」

松島はゆっくりと首を回した。家族でなければ、個人情報保護の問題も出てくる。病状という高度な個人情報は、軽々と他人に話してはいけないのだ。しかし今は緊急事態で、そのご近所さん以外に話す人はいない。

これから死のうとしている人に、何もせず看取りますよ、という話だ。誰かに伝えておかなければならない気もする。

「しゃあないか」

「では、お呼びしますね」

看護師が行ってしまうと、目の前の患者が松島の視界に飛び込んできた。独り暮しで、ときどきヘルパーが入るだけだったからか、髪や服は薄汚れている。尿臭も少ししている。なぜ家族がいないのか。身寄りがいないのか。いったいどんな人生を、この東京で送ってきたのだろうか。

そんなことを考えているうちに、看護師が高齢の女性を連れてきた。白髪交じりの短い髪に、黄緑色の大きすぎるジャンパーを着て首にはタオルをかけ、手にはコンビニのビニール袋。少し曲がった鼻メガネをかけ、険しい表情だ。70歳くらいだろうか、一見してただならぬ気配を感じた。

「あんたが先生か」

松島が口を開くより先に女性が低い声で話し出した。

「は？　はい」

看護師に促されて丸椅子《いす》に座ると、そのまま話し続けた。

「死ぬんか。駄目か」

素早くまばたきをし、口を尖《とが》らせる。

「え？」

ただのご近所さんではなかったのか。

「この人はもう駄目なのか」

「ええと、順に話しますがね、この人は」

患者の名前を忘れていたので、電子カルテを盗み見た。

「斉木さんはね、いま腸に穴が開いてます。血圧が下がってきていて、重病ですわ。腹膜炎と言って……」

「駄目か」

不躾《ぶしつけ》な言い方に松島は苛ついたが、答えた。

「駄目です」

「そうか」

そう言うと、突然大きな声を上げた。

「おおおお」

変な声を発する。そう思っていると、なんと涙を流しているではないか。松島は声を出せない。傍らに立って聞いていた看護師が「大丈夫ですか」と肩に手を置く。

「おおおお」

口を大きく開けて、目からぼろぼろと涙を落とす。

いったい何が起きているのか。

女性は大声を出しながら、ビニール袋をあけて写真を取り出した。看護師が「どうしたの？　なんの写真？」と尋ねるが、嗚咽《おえつ》を返すだけだ。

「先生、これ」

写真を受け取って見た看護師が、松島にそれを手渡した。

「ん？……これは、斉木さんと、この、方？」

写真では「大涌谷《おおわくだに》」と書かれた木の看板の前に立つ、斉木と思われる男性と目の前に座っている女性が肩を組んでいる。二人とも、今よりずいぶん若い。後ろには大きな岩と赤茶けた山肌が見え、白い煙が上がっている。恋人同士だったのだろうか、と松島は思った。それにしては年の差が離れすぎている。

「これ、いつの写真です？」

自分でもなぜその言葉が口から出たのかわからない。

右手で目と鼻を拭《ぬぐ》うと、女性は、

「10年前」

とだけ言い、再び大声で泣き始めた。

他の科の医師や看護師が寄ってくる。女性は構わずしばらく大声を出して泣き続けていた。

「しょうがないんです」

聞こえていないようだが、構わず続ける。

「腸に穴が開いてしまってます」

「腹じゅう便だらけです」

なにを言っても耳を傾けてくれず、慟哭を続ける。

「あかん」

そう言って松島は立ちあがった。

その時だった。

リリリリリン リリリリリン

斉木に装着している心電図モニターのアラームが鳴った。

「心室細動《VF》！」

松島は大声を出した。

「荒井、心マしろ！　救急カート、除細動器《DC》持ってこい！」

「はい！」

荒井が急いで心臓マッサージを始める。

「イチ、ニ、サン、シ」

「やめろ、何《や》してる！」

女性は泣き止むと立ち上がって荒井の腕をつかみ、心臓マッサージをやめさせようとした。しかしその体はほとんど揺らがず、荒井の手で振りほどかれた。

「ちょっとあなた！」

看護師が女性を荒井から引き剝がす。

「外へ出せ！」

松島が叫ぶと、女性の体からぐにゃっと力が抜けた。看護師が女性を抱えるようにして部屋の外に連れ出す。

「アドレナリン投与！」

そう命じてから止まった。

「……いや、ちょっと待て」

荒井が心臓マッサージをするたびに、ギシ、ギシとテンポよく音が聞こえる。

それを眺めながら、松島はぼそりと言った。

「どこまでやるか」

看護師が救急カートと除細動器を持ってきた。

蘇生《そせい》行為をするべきかどうか、松島は逡巡《しゅんじゅん》していた。先ほどの女性は結局、どういう関係なのかもよくわからない。

「荒井、心マ俺が代わるから除細動《DC》をやれ」

「はっ！」

「で、さっきの女性がどういう関係か詳しく聞いてきて」

看護師に指示を出す。

荒井が心臓マッサージを中断し、松島が取って代わった。筋肉トレーニングが趣味の男であっても、そろそろ疲れてくる頃だ。

ギッ、ギッ、ギッ、ギッ、とベッドが規則的な音を立てる。

この患者はどうしたいのか。

俺はどうしたいのか。

「アドレナリンはなしで！」

松島が叫ぶと、荒井が驚いた顔で振り返った。

「えっ？」

「ええから」

心臓マッサージを続けながら諭すように言う。硬い表情で看護師もこちらを見つめている。

「おし、DC準備できたな、リズム確認するぞ……あかん、フラットや。DCもなしや」

心マ再開、と小声で呟《つぶや》いて松島は心臓マッサージを続けた。除細動器は、心臓の電気運動が支離滅裂になっているところに電気を一方向に流し、整然とした電気の流れに戻す治療法だ。普段は一定の電気が流れて心臓の筋肉は動き、それがポンプの役割をして全身に血液を送り出している。しかし電気運動が乱れると心臓の筋肉は無秩序に、細かくぶるぶると震えるように動く。その「細動」を「除」くのが、除細動器なのである。

「荒井、マスク換気や」

「はっ！」

斉木のこけた頰に荒井が大きなマスクを強引に当てる。ホースでつながる緑のラグビーボールのような空気のたまるバッグを右手で揉《も》む。その度に斉木の頰が膨らむ。心臓マッサージを続ける松島の顔から、斉木に汗が飛び散る。いつの間にか松島の全身は汗だくになっていた。

誰も何も言わない。

妙な静けさがあった。

ただ、松島が押すベッドのきしむ音が1分間に100回のペースで聞こえるだけだった。時々、グギと肋骨《ろっこつ》の折れる音が松島には聞こえたような気がしたが、胸を押し込む手からの感触が伝わっただけだったかもしれない。

「2分です」

いつの間にか救急カートの上に常備してあるストップウォッチで時間を測っていた看護師が、控えめに口にした。

「おう」

松島は手を止め上体を起こすと、モニターを睨《にら》んだ。心臓の動きを電気的に表現するモニターの線は、まっすぐに地平を這《は》うのみだ。

「フラットか。荒井、代われ」

「はい」

さらに2分間、荒井が心臓マッサージを続けた。ベッドのきしむ音と、ときどき松島が送り込む空気のシューッという音のみが繰り返される。口を開く者はいない。

「2分です」

「やめ」

3人がモニターを見る。心停止《フラット》のままだ。

荒井が心臓マッサージを始めたところで、松島が言った。

「あの人、入れよか」

「え？」

耳には届いているのだが理解していないようで、看護師が聞き返してきた。

「あの近所のオバチャン、入れようや」

少し間を置いて、「わかりました」と言い看護師がドアから出ていった。

真剣な表情で荒井は心臓マッサージを続けている。松島はすでに換気をする手を止めていた。

ドアが開くと、先ほどの女性が入ってきた。

「おおおお」

弱々しく、その場に座り込みそうになり、看護師が両脇を支える。

「駄目なんや」

女性は懇願するような目で松島を見上げた。

「駄目なんです。もうね、あかんの」

ゆっくりと、しかし大きく発した言葉に、女性はうなだれた。

「ごめんね、これ以上やってもご本人がかわいそうや」

表情を変えずに女性は松島を見ている。

「また前で待っててもらって」

そう言うと看護師は女性をまた抱えるように廊下に連れ出した。

「荒井」

「はい！」

荒井の頭髪も汗でびっしょりと濡《ぬ》れている。

「やめよう」

「はい！」

そう言いながらも、荒井は心臓マッサージを続ける。

「やめていい」

「……はい……しかし……」

「いいからやめや！」

その怒鳴り声で荒井は手を止めると、ゆっくりと斉木から離れた。メガネを外し、半袖《はんそで》で顔の汗を拭っている。

荒井が患者から手を離すと、リリリリンというモニターのアラーム音だけが響いた。周りに患者はいないようで、救急外来は静かだった。

松島は斉木の顔に当てていたマスクを外した。

斉木の頭側に松島が、体の左に荒井が立っている。

どちらも何も言わなかった。

そのまま3分ほど経《た》った。

アラーム音は鳴り続けている。

ドアが開いて看護師が戻ってきた。黙っている二人を見て、ぼそりと告げた。

確認とは、死亡確認のことだ。医師が行う死亡確認は、心停止・呼吸停止・瞳孔《どうこう》の対光反射消失の三要素が揃《そろ》って初めて下す、重い診断のことである。

「あ？　ああ……」

そう言うだけで、体が動かない。

看護師は手際《てぎわ》よく救急カートの引き出しからペンライトと時計を出し、カートにかかっていた聴診器を松島に手渡した。

奪うようにそれらを受け取ると、松島は聴診器を耳にかけ、心臓マッサージのせいで凹《へこ》んだ斉木の胸に当て、目をつぶった。聴診器をずらし、3ヶ所を4秒ずつ聞く。そしてそれを耳から外すと左手で斉木のまぶたを強引に開け、ペンライトで照らした。

「対光反射《タイハン》もなし。呼吸も心臓も停止」

怒ったように告げると、「22時5分、死亡確認」と続けた。

荒井がさっと頭を下げる。看護師も遅れて白髪交じりの頭を下げた。

松島は、両手を合わせると一礼した。

「あの人に説明せなあかんの」

「いえ、結構です」

間髪《かんはつ》入れずに看護師は答えた。なぜかはわからない。家族ではないことが確認できたからか、先ほどの心臓マッサージのシーンを見てもらったからか。

「荒井」

「ははっ」

「なんでもない」

松島は電子カルテの前に座ると、袖で額の汗を拭い神妙な面持ちでカルテを書き出した。

「心臓マッサージに反応せず、心停止。DC、アドレナリンは使用せず。22時5分、心停止、呼吸停止、対光反射消失で死亡確認とした」

最後にエンターキーを強く打つと、すっくと立ち上がった。

「後、よろしくな」

「わかりました」

それだけ言うと、松島は早足で救急外来を出ていった。

＊＊＊

2日後。

前日の夜半すぎから降り出していた雨のせいか、湿った空気の朝である。

いつものように古いマンションを出ると、剣崎啓介は重い足を持ち上げて病院へと向かった。高速道路が頭上を、大江戸線が地下を走るこの一の橋の交差点は、今日にかぎってどうにも気が滅入《めい》る。いつもはくっきりと青空に映える東京タワーも、雲でおおわれた空と同じくらい鈍い色に見える。

赤羽橋駅《あかばねばし》へ向かって歩く。麻布中央病院の大きな正面玄関の脇の、職員用出入り口から入るとエレベーターで4階の医局へ。朝7時半を少し過ぎたところで、院内にはまだあまり人影はない。当直明けなのだろう、水色の道着のような上下スクラブに身を包み、頭には寝癖をつけた研修医の男が、背中を丸めてのろのろと歩いている。

医局の男子更衣室で白いズボンと紺色のスクラブ、長い白衣を身に付ける。寝る前にウイスキーをストレートで一口飲んだのがまだ胃に少し残っているのか、歩きながらも心窩部《しんかぶ》が重い。

カンファレンス室にはすでに荒井がいた。

「おはよう」

「おはようございます」

備え付けのデスクトップのＰＣで電子カルテをいじり、会議の議題となる患者をチェックしていた。広い会議室、30人ほどが座れるだろうか。細長いテーブルに椅子が3つずつ、それが10×2列とならぶ。

荒井の横、部屋の最前列の司会席に腰を下ろす。

すると荒井が半透明な水筒のようなものを振り始めた。

「なんだよそれ」

「えっ？　なにって、プロテインですが」

「朝メシ？」

「ええ、普段は家で飲むんですが、今朝は時間がなくてここまで持ってきてしまいました」

そう言うと蓋《ふた》を開け、一気に飲み干した。

「……それ、旨《うま》いの？」

「ええ、なかなかのもんですよ先生。一度試してみます？」

にっと笑う荒井の口髭《くちひげ》に、白い液体がついていて気持ち悪い。

「遠慮しとくわ」

そんな会話をしているうちに何人かの外科医がカンファレンス室に入ってきた。

「おはようございます」

「おはよう」

朝の不機嫌な外科医たちは言葉少なに挨拶《あいさつ》を交わす。

「それでは、始めます。よろしくお願いします。では先週の手術から」

麻布中央病院では月曜と木曜日の朝8時から、外科医たちの会議が行われる。外科部長をはじめ中堅外科医、若手外科医、さらにレジデントと呼ばれる3年目から5年目までの外科医たち、そして医学部を卒業して2年以内の研修医たち、総勢20人ほどが参加する。気まぐれにもともと外科医だった院長も参加する。

それだけの人数がいるが、会議が始まるまで口を開くものはいない。発表をするレジデントと研修医は緊張で黙っているし、上の医者たちも目をつぶって腕組みしたり、スマートフォンをいじったりしている。暗い部屋の一番前には、スクリーンにプロジェクターでカルテが投影されている。

レジデントが執刀した手術について、一人1分ほどで発表《プレゼン》していく。資料を見たり原稿を読みながらの発表は麻布中央病院ではご法度《はっと》で、昔からすべて暗記した状態での発表が求められる。

「よろしくお願いいたします。67歳男性、S状結腸癌《がん》クリニカルT3N0M0の方に対して腹腔鏡下S状結腸切除を行いました。臍《へそ》をカメラポートとした5ポートで開始し、内側アプローチから後腹膜下筋膜前面の層で剝離《はくり》をしIMAを根部で処理しD3《ディースリー》郭清としております。同レベルでIMV、LCAを処理し……」

おそらく何度も練習したのだろう、3人のレジデントによるなめらかな発表が続く。

次は荒井の番だ。

「はい、質問よろしいですか。では次の症例」

「はっ！　では、よろしくお願いいたします！」

そう言うと荒井は硬い表情で頭を下げる。

「ええと、こちらは緊急手術になりまして、あの、90歳の女性です。S状結腸穿孔でして、これに対して、緊急手術を行いました」

明らかにたどたどしい。練習してこなかったのだろうか。

プロジェクターに映し出した手術中のお腹の中の絵《スケッチ》も、かなり雑だ。あるはずのない血管まで描かれている。何をやっているんだ、と思うが、とりあえず突っ込まれず早く終わってほしい。

「……ということで、ハルトマン手術を終えました」

「はい、では次」

間髪入れずにそう言った。

「ちょっと待てよ」

一番うしろの席から進行を止めたのは、外科医長の久米義春《くめよしはる》だった。58歳にしては老《ふ》けて見えるのは白髪交じりの頭のせいである。麻布中央病院にかれこれ17年間も勤務している、院内の重鎮の一人だ。

「これ、執刀《や》る意味あんの？」

まずい。久米がゴネ出すと面倒だ。そう思ったがもう遅い。

「お前、90歳でなんで執刀《や》んの。家族は」

「え……あ、いえ、おりませんが」

「じゃあおめえ、やる意味ねえじゃん」

こういう横浜弁を丸出しにするときは、久米はかなりしつこい。感情が顕《あらわ》になると自分も似た口調になるのでよくわかるのだ。

「あ……」

完全に荒井がフリーズしている。助け舟を出さねば、と思った瞬間、荒井が口を開いた。

「実は直前に心停止《アレスト》になりまして」

なぜ今そんな余計なことを言うのだ。

「えっアレスト？　じゃあ余計なんでやるんだよ、そのまま逝《い》かせてやれよ」

カンファレンス室が静まり返る。仕方ない。

「すいません、自分の判断です」

誰が発言してもドツボにはまるだけだが、荒井を矢面に立たせるわけにはいかない。

剣崎の判断であることなど、久米は百も承知で言っているのだ。

「そうなの。剣崎ぃ、おめえなんで切るのこんな人」

「ご指摘のとおり家族もおりませんが、アレストについては単なる脱水からの循環血流量減少性ショック《ハイポボレミック》で、一時的なものですぐ心拍再開しましたので」

「そういう問題じゃねえだろう！」

大声で威嚇《いかく》するのも、いつものことだ。

「手術には耐えられると判断し、事実、術後は生存しております。倫理的な側面から言っても手術に踏み切ることに問題はなかったと私は考えます」

「私はって。けっ」

吐き捨てるように言うと、ふたたびカンファレンス室は静寂に包まれた。

「切りたいから切ったんじゃねえの」

「いえ、違います」

「じゃあなんで切るんだよ。看護師さんとか麻酔科の先生とか夜中に呼び出して、迷惑は考えてんの？」

「それは……」

いまいち何が言いたいのかわからない。面倒だ、ここらで収拾をつけてしまった方が早い。

「すみませんでした」

「いやすみませんって俺に謝られても」

静まった室内にいる20人ほどの外科医たちは、微動だにしない。若手たちは火の粉が降りかからないよう、手元の紙ばかり見ている。

どうしたものか。とはいえ医長の久米が発言すると、反論やコメントをするものはいない。いても自分か松島くらいだが、松島はまだカンファに来ていないようだった。

とはいえ司会なので、進めなければしょうがない。

「その他、ご意見ある先生方いらっしゃいますか」

もちろん誰も何も言わない。強引に進めるしかない。

「では次の症例、お願いします」

荒井が続けて他の手術の発表《プレゼン》をしている。大きな体が縮こまっているようだ。

「……はい、では以上、よろしいですか。では問題となった症例はありますか」

「あのさ、オペ症例じゃないけど、こないだの松島先生の症例」

久米が妙に穏やかな声で話し出した。

「はい」

暗いカンファ室をざっと見渡すと、いつ入って来たのか、部屋の一番後ろ、テーブルもないところに松島が座っているのが見えた。

「死亡《ステ》したんだよね、あの穿孔《せんこう》の人」

「……え？」

久米はいつも詳細に触れずに話す。常に周りが察しなければならないのだ。それでもこの情報だけでは何のことかわからない。

「あの、何の話……」

「一昨日《おととい》だっけ、知ってんだろ荒井」

荒井がビクッと振り返り、指でメガネを押し上げた。

「はい……」

「お前が話せや」

「えと、おととい深夜に救急搬送されたこれまた90代の男性でして、あの、やはり下部消化管穿孔だったのですが、救急外来で精査をしているうちにこれまたアレストになってしまいまして……」

「それでロクに心肺蘇生《CPR》もしねえで死なせたんだよなぁ?」

久米がかぶせるように言った。

「いえ、その……」

「アドレナリンはなぜ使わなかったんだっけ」

嬉しそうに続ける。

「ええと、その……」

なぜそんなことまで知っているのだろう。おそらくカンファレンスで突っ込もうと、電子カルテで詳細に記録を読み込んだに違いない。

荒井が困り果てたところで、松島が後ろから声を上げた。

「90歳で下部の穿孔、身寄りなし。アレストになってそのまま看取っただけです。何が悪いんです？」

松島のドスの利《き》いた声に、久米は若干怯《ひる》んだようだったが、

「誰の同意もなく心肺蘇生やめてしまっていいのかよ」

「身寄りはなく、近所の人がいただけですから無理です」

松島には、かつての恋人らしき女性が現れ、さんざん泣かれたと聞いてはいる。

「そうやって詭弁《きべん》ばかり言うじゃねえか」

馬鹿《ばか》にしたように久米は薄ら笑いを浮かべる。

どこをどう読み取れば詭弁なのだ。ともかくこの議論は不毛だ。というよりそもそも議論にさえなっていない。

「ともかく、問題だよ、問題。蘇生できたらオペまで行けたんじゃねえか。事故じゃねえの、これ？」

何を言っているのだ。先ほどは俺の症例で手術を選択したことを批判したばかりだ。これほどわかりやすい自己矛盾に、この男は気づいていない。そういう男だ。

「見殺し、か」

松島がなにか言い返して喧嘩《けんか》になるのはまずい。

「はい、他にご意見はありませんか」

強引に話を戻した。荒井が上半身を捻《ひね》って後ろを振り返ったまま止まっている。

「なければカンファを終わります」

言った途端に外科医たちが一斉に立ち上がった。

＊

その日、二人がバー「The One」で合流したのは午後11時を回っていた。

「よ、おつかれ」

「いやあ、お疲れやな」

濃い色のダメージドジーンズに白いシャツを腕まくりした松島は、息を吐くように言った。ユニクロで買った、ゴッホのひまわりのあしらわれた柄のTシャツにグレーのカーディガン、チノパン姿の自分と比べると、松島のファッションは洗練されている。

ビールグラスとハイボールのグラスがカチリと当たる。

「まだ降ってた？」

「うん、まだ降っとった」

剣崎は10時過ぎにはここに来て先に一杯やっていたのだった。松島はなにやら手術についての講演会の準備があるからとその作業を終えてから来たのだ。

「ふうー」

一気にグラスを飲み干す。

「尾根さん、おかわり」

ここのバーはいつも、これくらいの時間に混み出す。隣のキャップをかぶった色白の男とスーツ姿の女のカップルは、芸能人かなにかとマネージャーだろうか。それに整った金髪の白人男性とワンピースの日本人女性のカップル。もっさりとした白い髭を顎《あご》にたたえた初老の男性。大きな声を出す者はおらず、ただ酒とともに静かに話している。この空間にいることを楽しんでいる。

雨だからか、バーの空気はやはりどこか湿って重い。尾根は忙しそうにアイスピックで氷を削ったり棚からウイスキーのボトルを出し入れしたりしている。

「さんざんやったな」

松島が前を向いたままつぶやいた。

「ん？」

わかっているのに、尋ねてしまう。

「ああ、あのことね」

ハイボールを乱暴に口に含む。口の中で無数の小さな泡が破裂する。どこから話せば良いのだろう。

「まっちゃんは」

「いや、あんなん誰も決められんやん？」

急に本題に入ってくる松島の顔が見られず、ハイボールを流し込む。

「まあそうだよ。たまたま似たシチュエーションだったね」

松島がビールグラスに口をつけると、あっという間に空けて「尾根さん」とグラスを高く上げた。

「せやな。久米先生は、その辺全部わかった上で、俺らの立場が悪くなるようにあんなこと言うてんねん。ほんまアホや」

「俺の人さ、まっちゃんもいたから一瞬相談しようか迷ったんだけど」

松島はうなずいた。

相談しても同じだったと思うんだよ、と言ってしまおうか。

「俺は、剣崎先生の思うようにやったらええんやないって言うわ」

うなずいてハイボールを飲む。味はわからない。

「でもさ、あれだわ、すぐ後におんなじような人来たんだね」

松島はふーっと大きく息を吐いた。

「せや。迷ったんやけどな」

顔が熱くなってくる。今日のハイボールは濃い目なのだろうか。

マスターの尾根がビールとハイボールを持ってくると二人の前に置いた。

「同じで良かった？」

「ああ、ありがとうございます」

隣のキャップをかぶった男が「じゃあ俺はどうすればいいんすか」と言うのが耳に入ってきた。「あなた、自分で考えなさいよ」と女性が言葉よりも優しい口調でたしなめる。何の話をしているのだろうか。

自分で考える。その言葉が耳にこびりつく。松島は隣でビールを呑《の》んでいる。

何を話しても言い訳じみてしまいそうだ。しかし人の命を永らえたことの言い訳なんて、おかしいのではないだろうか。そういう意味では松島のほうが苦しいのかもしれない。

ふと、久米の発した「見殺し」という言葉が脳裏に浮かんできた。あれほど手術の経験が豊富で、あらゆる緊急手術のエキスパートであるにもかかわらず、自分に自信がないばかりに俺や松島、他の外科医を攻撃してばかりの久米。だからあの歳《とし》、60近くになっても医長のままなのだ。他の科で勤続年数が長い医師はみな副院長など役職についている。

医長は名前こそ立派だが、責任あるポジションではない。院長からの覚えが良くないのは、部下からの評判が悪いからだろう。家庭でも居場所がないという噂《うわさ》を聞いたことがある。看護師との不倫が発覚してから、妻と子にほぼ無視をされているのだという。そのストレスを部下にぶつけているだけのようにも見える。

「尾根さーん」

松島はビールグラスを高く上げ、おかわりをお願いしている。尾根は酒を注ぎながら顔だけこちらを向け、微笑《ほほえ》んだ。

どうすれば良かったんだろうか。40歳にして、患者の生き死にを決めなければならないのだ。正解も、正解らしきものも、どこにもない。

メスをふるえば救命できる可能性はある。

でも、切るかどうかを決めるためのアルゴリズムなど存在しないのだ。そして、その時その場所に居た者にしか、苦しい判断の理由はわからない。

「なあ、俺たちは神であることを求められてるのかな」

「ん？」

松島には聞こえているはずだ。

それでも、もう一度言わずにおれなかった。

「俺たちってさ」

遮るように松島が言う。

「神なんかやない。でも、神さんにケンカを売っとるな、俺らは」

「ケンカ……」

「神さんの思い通りになんかならん。俺らは外科医なんやから。でも、俺らだって戸惑うことはある」

「うん」

「その場その場で、目の前の人を幸せにすることだけや。精いっぱい、な」

「そうだね」

「呑もうや」

松島がグラスを近づけた。

この相棒も、同じように傷ついている。患者を救い傷つき、患者を失い傷つく。

二つのグラスがぶつかり、カチリという音を立てた。
剣崎は、残りのハイボールを一気に飲み干した。

第三章　コードブルー

「うーん、まあこれくらいなら心配いらないんじゃないすかね」

左足で貧乏ゆすりをしながら荒井が偉そうに言う。

「お前さ、ちゃんと見ろよ。このあたり、多分腐ってるぞ」

午後2時。3階の病棟にある小さなカンファレンス室で、荒井に過去の患者のCT画像を見せて1対1のレクチャーを行っていた。たまにこういう指導を行わなければ、臨床医としての能力はいつまで経《た》っても向上しない。

「いいか、もう一度よく見てみろ。この辺、クローズドループになってるんだよ。ホイールサイン、知ってるだろ？」

ホイールサインとは、車のホイールのように血管や腸が渦巻き状にぐるっと回っている所見のことだ。クローズドループも似た所見で、腸がループを描いているように見える。こういう患者の腹を開けると、腸がどこかの穴にはまってねじれ、腐っていることがある。

外科医は、腹痛の患者のＣＴ検査画像を見た時に、これらの知識がなければ緊急手術に持ち込むことができない。こういう所見に気づかず放っておくと、腸が腐り穴が開いて、患者が死亡する危険性がぐんと高まるのだ。

「放射線科の読影レポートはそこまでアテにするなよ、特に救急の場合は」

「わかりました！」

返事だけはいつも満点だ。が、本当にわかっているのだろうか。

人様の腹を開けるか否《いな》かという重い判断をするのが、外科医という仕事なのだ。その判断の重要な材料であるＣＴを読む力は、少なくとも腹の中では放射線科医に負けてはならない。

「じゃあ、ちょっと別の画像見せるから」

新たな患者ＩＤを打ち込んでいたその時、院内放送が鳴り響いた。

「コードブルー、コードブルー」

コードブルー。久しぶりに耳にした気がする。

「場所は……3階、いや1階、吹き抜けホール」

即座に荒井と共に立ち上がる。

「行くぞ」

並んで廊下を走り出す。

コードブルーとは、病院内で誰かが危機的な状態に陥ったことを意味する。多くは意識を失っていたり、呼吸が停止したり、大出血したり、というケースだ。このコールが聞こえたら、手があいている医師と看護師は現地に走って集合することとされている。

しかし、さきほどのコールで場所を言いあぐねていたのが気にかかる。3階に行くべきか、1階か……。この時間、他の外科医は手術か、そうでなければ外来で患者を診ているはずだ。駆けつけられるのはおそらく我々二人くらいのものだろう。ということは……。

「荒井、3階に行け！　俺は1階！」

狭い非常用階段を駆け下りながら叫ぶ。リスクを分散するのだ。

「わかりました！」

荒井が3階のドアを開けて階段から出ていく。しまった、逆にすればよかった。転ばないよう気を払いつつ、階段を1段飛ばしで駆け下りる。

1階の吹き抜けに出ると、すでに数人の医師や看護師が集まっていた。患者はどこだ。

みな上を見上げている。視線を上げると、吹き抜けの3階の柵《さく》から水色のパジャマ姿の患者が吊《つ》るされている。はっきりとはわからないが、中年男性のようだ。よく見ると、縄のようなものを自分で首に巻いているではないか。

まずい。

ちらりと荒井の姿が見えた。3階には他に誰もいない。アナウンスでは最後に1階と言ったのだから当然だ。

「荒井！」

「はい！」

荒井が手を挙げる。

「引き上げろ！」

「わかりました！」

荒井は身を乗り出すと、縄を引っ張り出した。

患者はすぐに気づき、縄から手を離す。首吊りの状態となる。

「キャアー!」

女性の叫び声が聞こえる。

荒井が引っ張り上げようとしているが、なかなか上がらない。二人ほど男が加勢した。この状況を見て3階に駆け上がったのだろう。

俺も上がるか、いや、もう遅い。落下する時に受け止める側にまわったほうがいい。

少し患者の体が上がったように見えたその時、ブチッと鈍い音がした。

患者が落ちてくる。真下には大勢の医療スタッフがいたが、3階よりも少し張り出している2階の柵に腹が当たり方向が変わる。グシャ、という嫌な音とともに、誰もいないところに患者は落ちた。白髪の少し混じった、まだ60歳代くらいの男性だ。

「キャー!」

「おおお!」

一斉に駆け寄る。どうやら柵で角度が変わり、足から落ちたようだ。

「ううう……」

呻《うめ》いているが、意識はある。頭は打っていないようだ。

「ストレッチャー！　急いで救急外来《きゅうがい》に連れて行け！」

すでにストレッチャーは用意されていた。

「動かす前に、頸椎《けいつい》カラーを！」

大声で指示がとぶ。整形外科医だろうか。確かに首を吊ろうとしていたわけだし、首の骨が折れていてもおかしくない。カラーで固定しなければ、動いた時に頸椎損傷で下手したら死んでしまう。

すぐに患者の首に頸椎カラーと呼ばれる、大げさな首輪のようなものが取り付けられ、ストレッチャーに載せられた。

「荒井、救急外来に来い！」

そう叫んで上方に目をやったが、もう荒井の姿はなかった。

＊

救急外来には、さきほどのホールからついてきた数人の医師がいた。いずれも若手だ。

モニターをにらみつける。

血圧などはそれほど狂っていなさそうだ。患者は依然として小声で呻いている。

「ＦＡＳＴ、出来るか？」

「やります！」

荒井が超音波検査の端子《プローベ》を持つと、パジャマの前を大きく開けられた患者の腹にゼリーを塗って当てだした。ＦＡＳＴ《focused assessment with sonography for trauma》とは、交通事故やこのような墜落事故の外傷患者に対して、腹腔内で出血をしていないかどうかを大至急調べる方法だ。心膜腔《しんまくくう》、モリソン窩《か》、右胸腔、脾《ひ》周囲、左胸腔、ダグラス窩の順にエコーで確認していく。

「ありません！　1回目、陰性です！」

「よし、じゃあルートもう1本取ってガスも取ろう」

荒井が患者の鼠径部《そけいぶ》を丹念に触り、針を刺す動脈を探している。なぜこの患者は首を吊ろうとしたのだろうか。痛そうに顔をしかめており、目は開いていない。荒井が針を刺すと「いてっ」と小さい声を出した。意識《レベル》は悪くない。

「先生」

荒井が情けない目でこちらを見る。

「取れないのか」

「申し訳ございません」

鼠径部の動脈は大腿《だいたい》動脈といって、人によるがだいたい小指ほどの太さのある血管だ。それが刺せないのは、よほど太っているか、血圧が低いかどちらかしかない。この中肉中背の患者で触れない、ということは……。

「代われ」

急いで鼠径部を触る。手袋をし忘れているが、かまわず素手で触る。濃くない陰毛が、控えめに鼠径部に数本生えていた。

動脈があまり触れない。血圧はさっき測定したら90くらいはあったはずだ。指先に神経を集中させ、かすかな拍動を探す。……これだ。

「針、新しいの」

すっと荒井が渡す。鼠径部に刺しこむと、赤い血がすうっと注射器の中に上がっていく。

「よっしゃ」

荒井が嬉《うれ》しそうに声を上げる。

しかし、なぜこれほど血圧が下がっているのか。

「荒井、ＦＡＳＴやれ。もう一度」

「え？」

「いいから、早く」

荒井が急いで超音波の端子にゼリーをつける。

「すいません、誰かゼリー持ってきて！」

もたもたしている。駄目だ、もう待てない。

「貸せっ！」

端子を奪い取ると、大急ぎで腹に当てる。

心臓の周りは溜《た》まっていない。肝臓の周り……セーフだ。最後にダグラス窩と呼ばれる、膀胱《ぼうこう》と直腸の辺りを見る。

「……ん？」

モヤモヤとして、よく見えない。ゲインつまみを回して画像の濃度を上げる。

「あれ？」

明らかに、液体が大量に溜まっている。

「陽性！　ＦＡＳＴ２回目は陽性だ。輸液全開、輸血もオーダーしろ！」

大出血が起きている可能性が高い。そう思って改めて見ると、少しお腹《なか》が張っている。
もう一度腹部に端子を当てると、他にも液体が溜まっているところがところどころある。
「荒井、これ、手術《オペ》だ。もろもろ準備《オーダー》しろ。ルートもう1個取って3ルートにして、ポンピングを！」
モニターからアラームが鳴った。血圧が68／36と表示されている。危険だ。このまま出血が続くと心停止《アレスト》になる危険性だってある。それだけは避けなければ。いや、今はやれることは全《すべ》てやっている。落ち着け。この人はそもそもどういう患者なのだ。
カルテを遡《さかのぼ》る。
［吹田《すいた》勝章《かつあき》 62歳］
そして
［肺癌《はいがん》、骨転移］
という病名が見えた。
［「死にたい」とおっしゃる。傾聴する］
と昨夜の看護師の記録にある。癌の末期で悲観して、希死《きし》念慮《ねんりょ》が強まったのだろうか。

それから血圧が少し落ち着いたため、CT検査を行った。その結果、腸間膜の血管がちぎれて出血している所見があり、そのまま緊急手術が決定した。

＊

「お願いします」

「よろしくぅ」

松島が大きな声で返してくる。松島に前立ちをしてもらって執刀するのは、なんだか久しぶりな気がする。出血性ショックの患者の腹を開けるという、割とプレッシャーのかかる手術なのにこの男はいつもどおり陽気だ。

「メス」

渡された、使い捨て《ディスポーザブル》の緑色のメスを腹に当てると、さっと皮膚を切る。メスは昔ながらの金属製のものが好きなのだが、コスト面がどうのという理由でなくなってしまった。

鉤《かぎ》つきのピンセットで皮膚をつまみ、手前に引っ張って電気メスを当てる。松島が向かい側から同じように引っ張ると、皮膚の下の真皮がすうっと離れるように切れていく。

「ガーゼ」

点々と出血が発生し、その都度、松島がガーゼでおさえていく。

仰向けに横たわらせ、足を大きく開いて固定した砕石位《さいせきい》という体位の患者の股《また》の間にいるのは、第2助手として入っている荒井だ。

「荒井、吸引《サクション》持っとって」

松島が命じる。

「はい！」

滅多にない外傷《トラウマ》の手術だからか、荒井は興奮しているようだ。

いかにも栄養状態の悪そうな、活《い》きの悪いくすんだ黄土色の皮下脂肪を切っていく。

肺癌のせいでこうなってしまったのだろう。

ペラペラのセロファンシートのような腹膜をつまむと、すぐ向かいを松島がつまんだ。

いつもならここでメスをもらい、ごく軽く触れるようにして切る。しかし今日は時間がない。腹の中で出血しているのだ。そのせいで、ドーム状に腹が膨れてもいる。

電気メスを通電させ、腹膜を切った瞬間。紫色のゼリーのようなものがどばっと出てくる。

「凝血塊《コアグラ》、吸って」

凝血塊《コアグラ》とは、血が出てしばらくして固まったものだ。人間の血液は、血管から外に出て数分で固まりはじめる。おそらくこれはちょっと古い血液だろう。

左手の人差し指を腹の中に突っ込み、ぐいと自分の方へ引っ張った。ほぼ同時に松島も指を入れ、やはり反対側に引っ張る。電気メスをスピーディーに動かして腹膜を切っていく。普段の3倍くらいの速さだろうか。

荒井がお腹の中に突っ込んだ吸引管に、次々と凝血塊《コアグラ》が吸われていく。出血してから、まだそれほど時間が経っていないようだ。

「ウンドリトラクターのLサイズね」

すでに看護師は準備していたようで、すぐに手渡してくれた。今日の器械出し看護師は若い男で、センスがいい。反射神経がいい上に先を読みながら器械を出す。佐藤《さとう》、佐々木《ささき》……名前はなんだったか。目深《まぶか》にかぶった帽子の下に、濃いまつげの目が特徴的だ。

車のハンドルより少し小さい二つのリングを有するビニール製のその道具を突っ込

むと、腹が大きく開かれた。

「どこや！」

松島が大声を出す。テンションが上っている。

瞬間、感覚が研ぎ澄まされる。上空から、頭を先端にして落ちていくような感覚。

意識の先端が尖《とが》り、この腹の中に突き刺さっていく。圧倒的な没入の感覚。いつ以来だろうか。

両手で、血でまみれた小腸を凝血塊《コアグラ》ごと掻《か》き出していく。

どこだ。出血点は。

「吸引《サクション》！」

松島が叫ぶ。

指先に何かが触れた。ざらりとした、小さい粒の集合した感触。

腹膜播種《はしゅ》だろうか？　進行した肺癌があるのだから、あってもおかしくはない。が、肺癌で腹膜播種はやや珍しい。

しかし今は出血点を見つけるのが先決だ。

長い小腸を掻き出していくと、少しずつ溜まっていた血がさらさらの鮮血《フレッシュ》になってゆく。まだ出血し続けているのだ。

奥に進む。まるで扇のような、小腸間膜を引き出す。血が吹き出し、顔にかかった。

「うわっ！」

大きな声を出したのは荒井だった。情けない。

「ペアン！」

看護師に向けて出した右手を大きく広げる。止血用の鉗子《かんし》でハサミのようなかたちをしている。1秒もしないうちに、ペアンを看護師が手に当てる。パーンという小気味良い音が響く。

体外に出した小腸の一部に出血点を発見した。その手前をペアンで挟む。松島が指で押さえる。

「こっちもペアンや！」

松島もペアンで反対側を挟む。

「ガーゼ」

真っ白いガーゼを指で摑《つか》み、出血点を乱雑に拭《ぬぐ》う。ずたずたになった小腸の間膜が顕《あらわ》になった。

「止まってる」

荒井が声を漏らした。

「止めたんや、アホ！」

松島が笑った。あっという間に緊迫した空気がほどけていく。

「ここだけかな」

「せやろ」

「一応ほかも探してみる」

出血点は1ヶ所とは限らない。出血点を嚙《か》んでいる二つのペアンはそのままに、手を動かすスピードを落とし、ゆっくりと探っていく。

「一度洗おうか。生理食塩水《せいしょくすい》出しといてね」

そう言いつつも、おそらくもう出血点はない。吸引管が音を立てて残りの血を吸い続ける。

松島も同じように感じているだろう。荒井はまだそういうレベルにはない。おそるおそる出血点を目視で探している。理屈ではない。ただ、わかるのだ。何度も死線を越えていると、もう出血点は存在しないということが。

「洗浄です」

看護師が銀色の大きなピッチャーを渡してくる。ざぶっとぬるい湯を腹腔内に入れると、優しく手でかき回す。

「はっ！」

吸引管を持つ手が止まっている。

「ほら、吸えって」

荒井の動きが硬い。もうリラックスし始めているこちらとは対照的だ。

やはり、他に出血しているところはないようだ。

「じゃあ血管を処理しようか。ここ、大丈夫かな？」

出血している血管は、その両側を縛って切るしかない。当然ながら、その血管が担《にな》っていた血流は途絶える。そうなると小腸の血流が悪くなり、壊死《えし》してしまうこともあり得るのだ。壊死を起こしてしまえば、再手術が必要になるだけでなく、最悪患者が死ぬこともある。だからこの判断はそれほど簡単ではない。

これまでの何十回、いや何百回と「この腸は切るべきか、切らずに大丈夫か」という判断を下してきた。その経験の引き出しから、今回も判断する。

結局のところ、どれだけ医学が進歩しても外科学とは経験の学問なのだ。検査値やその他いくつかの指標はあるが、最終判断は「見た目」であり「直感」なのである。その「直感」は、これまでの何百回もの試行、そして何回かの苦い経験に立脚しているのだ。

当然、たまたま失敗が多かった外科医は保守的な判断をするし、たまたまうまくいってばかりの外科医であれば攻める傾向になる。

俺は、全外科医のうち、どの辺にいるんだろう。性格的には守りなんだろう。しかし苦い経験はある。一昨年、腸閉塞《ちょうへいそく》で腐りかけていた小腸を切らずに行けると判断し、2日後に腸穿孔を起こして明け方に再手術になった80歳の女性。逆に、腐っていた腸を切りすぎて短腸症候群になってしまい3年で死んだあの男性。

決断を行うそのわずか数秒の間に、変色しどす黒くなった何人もの腸が浮かんでくる。あれは駄目だ、これはいい、こっちはどうだ……感覚が鋭くなっていく。余計な感情、思考の一切が外れ、体からも意識が抜け出ていく。

「この腸を切るかどうか」という思考のみが自分の存在になる。わずか1秒ほどのあいだに、これが行われるのだ。

「ま、血管切ってからまた見よか」

松島の言葉で一瞬にして意識が肉体に戻ってくる。そうだ。血管を切ってからまた状況が変わる可能性がある。これほどありがたい助手はいない。

外科医として熟練の域に入ってきたからこそ、自分の判断を疑うのだ。

「もう1個、ペアンあったっけ」

「すみません、長《ロング》モスキートかケリー鉗子はどうですか」

ペアンは今日のセットには二つしか入っていないようだった。代わりに外科医がこのシーンで使いたいものがすぐ分かるのは、看護師としてかなり高いレベルだ。

「じゃあ長モスキート《ロンモ》」

ペアンより細長く、先端が細く少しカーブしているその道具を受け取る。

長モスキート《ロンモ》は先端がやや細い《ファイン》のが特徴で、硬い組織でもすっと入っていく。

長モスキート《ロンモ》で血管をすくうと、松島の「2《ニ》-0《ゼロ》」という低い声に合わせて看護師が糸を渡し、長モスキート《ロンモ》の先端に糸をもたせる。余計なところを引っ掛けないように糸ごと長モスキート《ロンモ》を引き抜いて糸を松島に渡す。大きな手がなめらかに動き、2回、3回と糸が結ばれていく。こうして血管を結紮《けっさつ》していく。松島の糸結びは相変わらず見事だった。ある程度以上の実力のある外科医なら、この糸結びを見ただけで松島がかなりの腕前であることが分かるだろう。

もう一度長モスキート《ロンモ》を貰《もら》い、同様の作業をする。松島の糸結びはさらにスピードアップしており、目で追ってももはや見えない。

「おしっ」

「メッツェン」

看護師の方は見ない。右手にパシッと渡される。

繊細な部位を切るための薄い刃でできたハサミ、メッツェンバウムで血管を切る。さくり、と手に動脈の切れる独特の感覚が伝わる。

これで血管の処理が終わった。あとは腸の色がどう変化するかだ。

「5分くらい待とう」

「せやな。まあ大丈夫そうやけど。……お前、黙ってないでなんか言えや」

黙って吸引管を握り、腸管を見つめていた荒井がはにかんだ。

「いえいえ、わたくしの出る幕ではございませんので。あ、看護師さん、5分測ってね」

妙なことを言いながらも、看護師に指示を出すところはきちんとしている。

「荒井はどう思う？」

「……はい、透析でしょうか？」

「透析？　何言っとんのや」

「あ、いえ……。申し訳ありません。この患者、ちょっと腎機能が悪かったので手術の後に透析が必要にならないかな、と思っておりまして」

こういうところで、荒井はイマイチ勘所が悪い。いま俺と松島の最大の関心事である「腸管を切るかどうか」に意識が行っていないのだ。あれほど二人でその話をしていたにもかかわらず、だ。

いやしかし、4年目だとまだこんなものなのかもしれない。自分もそのころは叱《しか》られてばかりだった。松島とは常に省略し尽くした会話をしているので、「腸管の色しだいで切除するかどうか決める」などとは一度も口にしていなかった。

「ついて来いや、俺らのスピードに」

「はい」

「で、昨日は何食べたの？」

「えっ、昨日ですか？　いえ、スープカレーですが……」

「お前なんでこんなあったかい日にスープカレーなんや。札幌人か」

「あ、いえ、すみません。スープカレー店を日々開拓しておりまして」

時間を持て余した松島が、荒井で遊びはじめた。

「筋肉的にはスープカレーってどうなの？」

「えっ！　語っちゃってもよろしいんですか？」

「もったいぶるなや」

「まず先生、カレーと言ってもご飯はいただきません。現在、炭水化物を抜いているのでケトン体をエネルギー源として生活するには、大量の脂質をとる必要があります。カレーは油にスパイスを混ぜたものなので、脂質の摂取には好都合なのです。また、野菜もある程度溶けこんでおりますので、栄養分も摂取できます。必要カロリーを摂取するためには大量にカレーを食べる必要があります。そのためにはいちいち噛んでいると顎が疲れるので、飲みこみやすくするため通常のカレーではなく今回のカレーを選択したのです」

嬉しそうに語る荒井の話を、松島は途中からほとんど聞いていないようだった。腸管の色をじっと見つめる。特に悪くなってきてはいなさそうだ。しかしずっと見続けているので、変化がわかりにくいことがある。

術野から目を外した。器械出しの看護師は手元の器械を揃《そろ》えている。ハサミだけでクーパー、メッツェンバウムが6本ほど、ほかに挟むためのペアン、直《ちょく》ペアン、コッヘル、ミクリッツ、長《ちょう》モスキート、モスキート、ケリー……それらが2本ずつ整然と並ぶ。まるで金物屋のショーケースのようだ。その奥には鑷子《せっし》と呼ばれる、いわゆるピンセットが10本はある。先端に鈎のついたもの、付いていないもの、互い違いの爪《つめ》が付いているもの、菜箸《さいばし》ほどに長いもの。

さらに針で縫うための持針器であるマチュウとヘガール、そして腸管ベラ、生理食塩水の入った小さいカップ、3種類の太さの絹糸、膿盆《のうぼん》と呼ばれる銀色の盆、数を数え終えた鉄線入りガーゼの束など、いくつあるのかわからないくらい多数の道具が置かれている。そしてすべては滅菌されている。

一度の手術で、いったい何種類の道具を使うのだろう。外科医になって2、3年の間は、道具の名前を覚えるのが大変だった。それを適材適所で使うのが、また高いハードルだったのだ。いつの間にか全て覚えてしまった。松島が麻布中央病院に来て一緒にオペに入るようになり、道具の使い方の幅が広がった。ちょくちょく流儀が異なるのだが、いちいち松島のやり方のほうが合理的なのだ。

「そろそろええんちゃう？」

「ちょうど5分です」

器械出し看護師が壁の時計を見ながら告げた。

「ありがとう」

40平米ほどのこの手術室の中央には患者である吹田が横たわるベッドがあり、その周りを3人の外科医が取り囲むように立っている。吹田の頭の方には麻酔科医がいて、その周りには大きな麻酔器と薬剤カートがいくつか取り囲むように置いてある。吹田の上からは円盤状の無影灯が大小一つずつ腹腔内を照らす。足の方には50種類ほどの道具とガーゼなどが並べられた台、そして器械出し看護師が高い足台に乗って術野を見下ろしている。外回り看護師は周りで道具を出したり、電子カルテのパソコンにデータを入力するなど、てきぱきと動き回っている。

腸の色を見る。先ほどよりピンク色が増してきた。

「良さそうだね」

「蠕動《ぜんどう》もありそうやな」

かすかに腸が動いている。蠕動も見られるようだ。

「行けるね」

「せやな」

荒井がにやっと笑うが、無視する。

「あ、出血っていくつでした？　凝血塊《コアグラ》込みで」

「3500です」

外回り看護師が即答する。

3500ミリリットル。人間の体の血液の総量はおおむね3000から4000ミリリットルだ。この人の血液は、一度出切ってしまい、すべて他人の血液に置き換わった計算になる。それほど大量に輸血を行っているのだ。

「じゃあ、ちょっと播種《はしゅ》をみようか」

言いながら再びお腹の中に手を突っ込み、小腸を丹念に調べていく。

「ここにあるな」

小豆ほどの大きさの、白く硬い塊を小腸間膜に一つ発見した。

「先生、こっちのはどうですか」

荒井が太く短い指で指したところにも、2ミリほどの大きさの白い結節《けっせつ》がいくつかある。

「あ、これもだな……」

「こっちもや」

播種結節を見つけた松島が低い声で言う。

「ダメか。無数だな」

肺癌が腹部に播種するのは、胃癌や大腸癌と比べるとそれほどよくあることではない。少なくともここまでひどいのは、初めて見た。ということは、この患者はかなり予後が悪いのだろう。

無言でそれらの白い粒を見ていると、松島が言った。

「1個取って、術中迅速病理診断《ゲフリール》に出す？」

「そうだな」

どれを取っても良さそうだが、中でも一番大きな播種結節を電気メスでくり抜くように切除した。

「これ、腹膜播種結節ね」

「はい、腹膜播種結節」

器械出し看護師が復唱する。外回り看護師に伝えているのだ。外科医の声はそれほど大きくないので、外回り看護師まで届かないことがある。

「かなり厳しいんやな」

松島の声も硬い。

「ああ」

それまで黙っていた荒井が声を発した。

「……厳しいって、小腸ですか？　出血ですか？」

ため息を吐く。

この大出血に関しては、一時的には状態が悪くなるだろうが、腹腔内出血の原因がはっきりしておりすでに解決したのだから、きっちり輸血をして集中治療管理をすればまず間違いなく改善するだろう。担癌患者とはいえ、いまはまだそれほど栄養状態も悪くなさそうだ。

出血がポイントなのではない。腹腔内にこれほど無数に散らばる腹膜播種を見ると、この患者の肺癌の生命予後が極めて悪い、言い換えるとかなり進行していることがわかる。抗癌剤も使い終わってしまっているという話だから、おそらくもって半年、いやそれ未満だろう。

正確な現状を医師から聞いたため、吹田は悲観して飛び降りたのではないか。

そう考えると、ここまでして救命することは本当にこの患者の望みにかなうのだろうか。

「一度洗浄しよう。生理食塩水《セイショク》、2リットルくらい頂戴《ちょうだい》」

手術直前の説明のときの、あの妻。

飛び降りたんですって？　と笑みを浮かべただけでなく、「この人がいつ死のうが私にはもう関係ありませんので」と言い放った、茶髪の中年女性。この患者がなにをしたかは知らないが、そんな言い草があるものか。それとも、何か事情があるとでも言うのだろうか。

「先生、ピッチャーをどうぞ」

右手で摑んだ銀色の大きなピッチャーには、溢《あふ》れる寸前までなみなみと生理食塩水が入っている。勢いよく腹腔内に入れていく。かき混ぜる左手が温かい。荒井が無言で吸引していく。洗浄した液体はまだ赤い。

手術の同意書にサインを求めたとき、「これにサインしなかったらどうなるの？この人死ぬんです？」と言った、あの顔。これまで1000人以上に手術前の説明を行ってきたが、こんな家族は初めてだった。名前を書きながら匂《にお》わせた香水の甘い香り。思い出すだけでヘドが出そうだ。

吸引管が大きな音を立て、だいたいの水を吸いきった。

「あ、ごめんお代わりもう一杯」

「了解です」

「ガーゼ」

真っ白なガーゼを摑むと、腹腔内をぬぐう。血は止まっていそうだ。松島もガーゼで止血を確認してくれている。

「ピッチャーです」

「サンキュー」

ふたたびピッチャーからお腹の中に水を注いでいく。淀《よど》んでいた水が、徐々に澄んでいく。水面に浮く脂《あぶら》もだいぶ減ったようだ。

「もう一杯洗います？」

器械出し看護師が気を利《き》かせて聞いてくれる。

「うーん、ま、いいかな」

とりあえず止血は出来た。腸は切らずに済んだ。他の臓器損傷も、見たところなさそうだ。

「じゃあ閉腹《とじ》するわ」

ペンチのような見た目のマチュウ持針器を用い、直径3センチほどの弧を描いた針で腹を縫っていく。松島が目にも止まらぬ速さで糸を縛っていく。

「相変わらず速いねえ。荒井もこれくらい速く結紮できるように練習しとけよ」

「はい！　自分が替わってもよろしいでしょうか！」

「いいけど、早《は》よせいよ」

そう言うと、松島と荒井が立ち位置を代わった。

「先生、病理からお電話です」

「はい」

外回り看護師が院内ＰＨＳを耳に当ててくれる。

「すいません、病理の山田《やまだ》です」

真面目《まじめ》そうな女性の声の主、山田律子《りつこ》はまだ若手だが、優秀だった。メガネが似合う美人だが、クソ真面目で面白みはない、と言うのが山田に対する外科医たちの共通の認識だった。ＰＨＳの声を聞きながら腹を縫っていく。

「ご提出いただいた腹膜播種結節ですが、腺癌《せんがん》の所見です」

やはり、肺癌の転移で間違いないか。山田は淡々と続ける。

「後ほど詳しく見ますが、この方の肺癌の組織像と似ています。転移と考えてよろしいかと存じます」

「ありがとうございます」

電話が切れた。ため息を吐く。

「腺癌《アデノ》で、肺癌《ＬＫ》の転移《メタ》だろうって」

「そやろなあ。ほら荒井、はよ結べ」

「は、はい！」

荒井が急いで糸を結ぼうとするが、動きがどこかぎこちない。

「お前緩んどるやないか！　まだ筋肉足らんのやないか？」

左と右の腹壁がくっついていない。これがきっちり縛れないと、再手術になってしまうこともあるのだ。

「すいません！」

これでも上手《うま》くなったほうだ。研修を始めた頃は、とてもではないが閉腹時の結紮など任せられなかった。

「この人、オペして良かったのかな」

思わず口に出してしまった。松島はそれには答えず荒井の手の動きを見ている。荒井は糸結びに夢中で、聞こえていないのだろう。

「クーパー」

糸を切るハサミを貰うと、パチン、パチン、と糸を切っていった。

「あと皮膚縫い、お願いしてもいい？」

「もちろん。説明《ムンテラ》してきいや」

「ありがとう」

手術台から離れ、青い手術用ガウンの腰紐《こしひも》を引っ張ってちぎる。次に首の紐を引っ張って解く。ガウンを脱ぎ、手袋も一緒に外す。いつものような爽快感《そうかいかん》は、今日はない。

＊

手術室前の説明のための小部屋に入ると、手術室看護師が連絡してくれていたのだろう、すでに吹田の妻が座って待っていた。

茶色い髪は、毛先の色が抜けすぎてもはや金色になっており、根本には白髪が目立つ。年齢は50歳くらいだろうか、その割には目元のメイクがずいぶんと濃い。目の下は窪《くぼ》み、それがいかにも水商売をしている女性の雰囲気を醸《かも》し出している。頬骨はごつく出っ張り、唇には鮮やかなピンクの口紅だ。

手元にはシャネルのバッグを持っている。光沢のある黒い革に、金色のチェーンと金色のロゴ。

術前の会話を思い出すと話す気が失《う》せるが、説明しないわけにもいかない。なるべく目を見ないようにして向かいの椅子《いす》に座る。

「ええと、吹田さんの奥さん、お待たせしました」

「あ、どうもー」

妻は、椅子に座ったままなんとも陽気な声で迎える。

「今手術が終わりまして」

言いながら説明用の紙を机の引き出しから出し、薬剤の名前の入ったボールペンを出した。

「先程ご説明した通り、腹部正中切開で、お腹を真ん中で開けて始めまして」

お腹の絵を描き、臍《へそ》をバツ印で入れる。そのバツ印を中心に、上下に赤で縦に線を入れた。

「お腹を開けたところ、大出血の痕《あと》がありました。すでに2リットル以上はお腹の中に血が溜まっていたのでこれを掻き出すと、腸間膜という、腸に血液を送るための膜があるんですが、それが損傷していることがわかりました」

お腹の絵の隣に、腸間膜と腸の絵を添える。妻が少し身を乗り出してきた。

香水の甘い匂いがマスクを突き抜けて届く。その甘さの奥に、かすかにアルコールの匂いが混じっている気がする。ん、これは……。

まさか酒を呑んでいたのか。夫が死にかけて緊急手術を受けていたその間に。

表情は変えず話を進める。

「そこから血が噴いていましたので、まずはそこを止血し、腸に問題がないことを確認して腹を閉じました」

「ふうーん」

気の抜けた声を出す。構わず続ける。

「今後は、再出血などが起きなければ大丈夫だと思います。食事が取れれば2週間以内に退院出来るかと思います」

そこまで言って、播種のことを思い出した。

「にしゅーかーんんん？　もっと居てくれてもいいんだけどさあ、なんて」

そう言いながら自分で笑う。

「それと、もうひとつ」

一つ咳払《せきばら》いをして続ける。こんな家族でも、言いづらいものは言いづらい。

「お腹の中に、肺癌が転移しています。腹膜播種と言って、小さい粒が無数に散らばっている所見がありました。こちらは一個、手術中に顕微鏡で見る検査をしてもらったのですが、肺癌の転移だろうと言われています」

すると妻は目を丸くした。

「あら、そうなの！」

次の瞬間にはにっと笑うと、

「良かったわねえー」

と言い、のけぞって椅子にもたれると足を組んだ。

「どういうことですか」

自分でも語気が強まるのを感じる。

「え……」

いきなり睨《にら》みつけたからか、一瞬たじろいだが、すぐに眉間《みけん》に皺《しわ》を寄せた。

「どういうこともなにもないわよ！　早く死ねばいいのよ、あんな人！」

「そんな言い方はないんじゃないですか」

もう止まらない。

「あなた、奥さんでしょ？　なんでそんなひどいことを言うんです」

「あんたに何がわかるのよ」

急に低い声を出した。

「あの人が私にどんだけ酷《ひど》いことをしてきたか、知らないくせに」

「ええ、知りません。だからといって、癌に悩み、病院で飛び降りた人に早く死ねばいいという理屈もわかりません」

「じゃあ教えてあげるわ。あの人はね、結婚してから25年、ロクに働きもしないでずっとプラプラ遊んでたのよ」

妻も話しつづける。

「それだけじゃない。酔うたびに私に暴力し続けたんだから。何度も交番に駆け込んだわよ、それでもアザもないし、夫婦喧嘩《げんか》でしょう、って取り合ってもらえなくて」

返す言葉がない。

「腹をビール瓶で殴るのよ。腹を」

どのように返答すれば良いのだ。言葉を探してみるが、あいにくこれまでの40年の人生では、「黙る」以外の対処法を知らなかった。「黙る」は、「傾聴する」という技術でもある。もうこれ以上余計なことは言わない。気付かれないよう、鼻から息を吸い込む。

「何度も離婚を考えたわ。でも、どうしても出来なかった。離婚してどうすればいいか、思いつかなかったの。それでずるずると25年。先生はまだお若いでしょ。こんなふうに生きてはダメよ」

はい、とは言いづらいが、反応しないわけにもいかず、かすかに頭を下げた。

それだけ告げると、妻はしゃべるのをやめた。バッグのチェーンを手でいじりながらぼんやりと妙に白い机を見るともなく見ている。

まだだ。もう少し待つ。

時計の音さえ聞こえないこの小部屋。白い机に椅子が3つ。机の上には今書いたばかりの手術の図。窒息してしまいそうな沈黙に、ただ耐える。逃げ出してしまいたいが、待つ。

ポケットにはPHSが入っている。手術室からそのまま出てきたので、まだ青い帽子はかぶったままだ。2本の紐で固定するマスクも付けたままである。マスクの中はじっとりとしていて、鼻の下が湿ってきたのを感じる。

手術は終わっただろうか。荒井が皮膚を縫い、松島が高速で糸結びをしている頃か。緊急だから今日はナイロン糸でザーッと縫っているだろう。

「でもさ、あの人もさ」

妻が口を開いた。アルコール臭が部屋にふわっと広がる。

「死ななくて良かった。本当に、ありがとう先生」

それだけ言うと、目を潤《うる》ませた。急いでシャネルのバッグを開けて花柄のハンカチを取り出すが間に合わず、ファンデーションでコーティングされた頰にすうっと涙が流れる。

きっと、心のなかで闘っているのだ。ひどい夫だったに違いない。しかし、確かに愛情はあったのだ。いっそ死んで欲しいくらいの憎悪《ぞうお》と、生きていて欲しい気持ちが同居する、そんな複雑な心境はわからないでもない。これまでの人生で、そんな経験はないけれど。

「奥さん」

「はい」

「ひとまず、今は飛び降りた怪我《けが》の治療に全力を尽くします」

言いながら、癌のことから意識を逸《そ》らしていることはわかっている。しかしこの場をまとめるためには、仕方がない。

「はい。よろしくお願いいたします」

妻は目を赤くして、グスグスと鼻音を立てながらそう言うとぺこりと頭を下げた。

「もう少しお待ち下さい」

それだけ言うと、立ち上がり部屋をでた。

手術室へ戻ると、案の定手術は終わっていた。松島はすでにいない。

「先生、終わりました」

青い帽子を汗で変色させた荒井が嬉《うれ》しそうに言う。

「ああ、ありがとう」

患者はまだ口から人差し指ほどのチューブを入れられたままで、麻酔を醒《さ》ましているところだった。お腹《なか》に入れてきたドレーンから出る液体は、それほど赤い色ではない。出血はもうなさそうだ。

「じゃあ、あとよろしく」

「はい、帰室させておきます！」

「あと精神科コンサルも頼むな」

「了解しました！」

荒井の威勢のいい声を聞きながら、手術室をあとにした。

＊

2週間が経った。

6月も梅雨に入ると、雨の日が続いていた。

いつものように予定手術と緊急手術をこなす日々を過ごしていた。吹田勝章の手術後の経過は良く、食事も問題なく摂《と》れたため、今日には退院の予定になっていた。思いのほか精神状態は安定していたが、妻はあれ以来一度も顔を見せなかった。

「吹田さん」

「はーい」

病室のカーテンを開けると、吹田はベッドで半身を起こし、メガネをかけてスポーツ新聞を開いていた。

「調子、大丈夫ですか」

「ええ、今日はすごくいいんです」

スポーツ新聞を畳み、ニッコリと笑った。

「お、いいですねえ。今日退院ですね」

「はい、おかげさまで。先生にはずいぶん世話になりました」

深々と頭を下げる。

「いえいえ。これから肺のほうの治療がありますけど、頑張ってくださいね」

「はい、せっかく先生に命を助けてもらいましたし、しっかり頑張れそうです」

「じゃ、お大事に」

だいぶ表情がやわらかい。腹の傷の痛みも無くなったのだろう。手術前は血圧が下がり、一時はどうなることかと思ったが、手術で止血もすぐに出来たし、腸も切らずにすんだ。最小限のダメージで終えられたから、術後の経過がいいのだ。精神科の受診でも、希死念慮、つまり死にたい気持ちはもう無いので退院可能と言われている。退院後は精神科にも通院してもらい、そちらもサポートしてもらえるだろう。

あの妻が一度も見舞いに来ないのは少し気になるが、同居はしているということだし、退院後は夫を支えてくれるだろう。

午前中の手術は思ったより早く終わり、11時には手術室から出てこられた。手術着のまま病棟の小さいカンファレンス室に出向く。

部屋で荒井が待っていた。

「あれ、今日はお前手術ないんだっけ」

「はい、病棟番でして」

電子カルテに向かって点滴のオーダーを入れている。こういうオーダーをかつてはすべて紙に書いていたのだから、格段に楽にはなった。それでも、病院据え付けの電子カルテ端末のパソコンからしか入力はできないし、オーダーのシステムは極めてやりづらい。まだまだ原始的だ。音声入力さえ出来ない。

「荒井とオペした吹田さん、今日退院だから退院処方を入れといて。再診の予約も」

「先生。俺を誰だとお思いですか。もう先週にはオーダーしてございます」

ニヤリとメガネを上げる。

「お前、でかいのは体だけにしたほうがいいよ」

「コードブルー、コードブルー、場所は屋上、場所は屋上です！」

いつもより慌《あわ》ただしく院内放送が流れる。

「えっ」

「屋上？」

「屋上はたしか入れないはずですが」

「うん。行こう」

立ち上がると、走り出した。

「階段か？」

「どうでしょう！　ひとまずエレベーターホールへ！」

荒井が叫ぶ。

エレベーターホールに来ると、ちょうどドアが開いていたエレベーターに飛び込む。誰も乗っていない。最上階である13階のボタンを押す。「閉」ボタンを荒井が連打する。

「なんでしょう、屋上って」
5、6、7、と、ゆっくりエレベーターの数字が点灯していく。あまり上がらない階だ。前に院長に呼び出されて説教されて以来じゃないか。
エレベーター内の手すりに寄りかかって、立ったまま荒井が貧乏ゆすりをしている。焦《じ》れているのはこちらも同じだ。

患者だろうか、職員だろうか。たまたま用事があって入った職員が、屋上で急に調子が悪くなって、などというストーリーだろうか。いや、そんなことは考えづらい。

エレベーターは8、9、と上がっていく。幸い、誰も途中乗車してこないようだ。コードブルーからすぐに乗ったからだろう。それに昼前の時間、検査などはいったん終わっていて、移動する人が少ないのかもしれない。

そもそも、コードブルーで屋上と言うからには、屋上に二人以上人が存在しなければならない。一人が倒れ、もう一人が院内ＰＨＳを使って全館放送をする。……待てよ、もしかして刺したり暴行したりして、その犯人がコードブルーを要請した……？

それもあまり考えづらい。

屋上にいた人間ではない者が、コードブルーをコールした可能性はないだろうか。

例えばどこかから屋上で倒れた人を見たとか、いや、そんな高い場所は院内にはない。

あるいは、屋上から落ちそうな人を見たとか……。

「まさか……」

「えっ？」

荒井が大きな声を出し、貧乏ゆすりを止めた。

「いや」

エレベーターが13階に着いた。音もなくドアが開くと、荒井が飛び出した。後を追う。

「こちらです！」

廊下を走る。息が切れてくる。荒井は速い。あの筋肉だらけの体で俊敏性もある。

「ここだ！」

一見してなんの変哲もない、金属の大きな扉の前に到達した。クリーム色に塗装され周囲に馴染《なじ》んでいるが、よく見ると隅は少し黒ずんでいる。滅多に使われていないのだろう。

ドアノブにはプリンのケースのようなカップが付いているが、荒井が力ずくでもぎとり投げ捨てた。カラン、カランという音がして、ドアが開く。

「階段で屋上に上がれます！」

荒井がコンクリートの階段を駆け上がる。見上げると、上方から光が射《さ》している。屋上なのだろう。長年この病院に勤めているが、初めて上がる階段だ。屋上に出られるという話は聞いていたが、ここだったとは。しかしなぜ荒井は知っているのだろう。

20段ほど上ると、またドアが現れた。ドアにはすりガラスの窓があり、光が差し込んで眩《まぶ》しい。

荒井がノブを回し、ドアを開けた。

よく晴れた屋上には、空調の室外機だろうか、大小いくつもの白いボックスが並んでいる。これでは視界がひらけない。

荒井がその間を縫って駆けていく。確信を持って目的地へ向かっているような走り方だ。来たことがあるのだろう。なぜ？　しかし今はそんなことを考えている暇はない。

いくつかの室外機を避けて走ると、それほど高くないスチール製の柵《さく》が見えた。荒井が叫ぶ。

「あ！ ちょっと！ 待って！」

柵の外にパジャマ姿の人が立っているではないか。痩《や》せた男、少し前かがみになっている。柵から建物のヘリまで少しスペースがあり、男はその際《きわ》に立っていた。

「これか！」

どこからかこの男を見つけた職員が、コードブルーをコールしたのだ。

走って近づく。

「吹田さん！」

荒井とほぼ同時に叫んだ。そこにいたのは、今日退院予定だった患者の吹田当人だった。

吹田は上半身だけ振り返った。薄いブルーのパジャマを、一番上のボタンまでしめている。ゆっくりと、目を細めて遠くを見るような顔をした。

「ちょっと！」

荒井の声に、少し微笑《ほほえ》んだようだった。そして、ゆっくりと一礼した。

荒井が駆け寄る。

「待って！」

その次の瞬間、吹田の姿がふっと消えた。

「あっ！」

急いで下を覗《のぞ》きこむ。吹田は、途中の階の出っ張った部分で一度バウンドし、大きな人形のように力なく方向を変えて病院の駐車場に落ちていった。駐車場に何人か白衣の人間が見える。

「キャー！」

女性の悲鳴が聞こえる。

「何があった！」

「わかりません！　でも、下で誰か倒れてます！　ドクターかな？」

身を乗り出して見るが、よく見えない。確かに白衣の人間が1名、吹田のすぐ隣で倒れている。

「吹田さん！」

よく見るとわずかに手足が動いているようだ。

「死んでない！　降りるぞ！」

そう告げたときにはもう荒井は駆け出していた。扉を開けると、1段飛ばしに階段を降りる。速い。背中が見えなくなる。

13階の廊下を走り、エレベーターホールへ向かう。荒井の姿はない。階段を走っていったのか。一瞬迷うが、エレベーター1基は1階にあり、もう一つは5階から下がっていっている。エレベーター脇《わき》の階段へ走った。

2階分ほど走ると、1段飛ばしに少し慣れてくる。2段飛ばしにして駆け下りる。落ち着け。何が起きているかを考えろ、と自分に言い聞かせる。2段飛ばしでは脳が働かないので、1段飛ばしに戻す。よし、これなら考えられる。なぜ吹田が飛び降りたのか。いや、その前に、屋上は14階だから、普通に考えたら飛び降りはまず助からない。しかしどこかでバウンドしたようだったし、落ちた吹田の手足は動いているようだった。頭さえ無事なら、なんとか救命《レスキュー》できるかもしれない。しかしなぜ飛び降りたのだ。朝はあれほど笑顔を見せていたというのに。

「コードブルー、コードブルー、駐車場、駐車場」

2度目のコードブルーだ。女性の焦《あせ》った声が階段に響く。

飛び降りた理由を考えるのは今じゃない。とにかく救命だ。しかしもう一人、白衣の男が倒れていた。あれは吹田を受け止めたのだろうか？　だとしたら、そちらも危険だ。受け止めた方が重傷を負うというケースはままあるのだ。

ようやく1階に着くと、正面玄関と反対側の、非常用出口に向かって走る。息が切れている。荒井はとっくに着いているのだろうか。看護師が二人、追い抜いていく。

非常用出口を出る。濃い青の制服を着た守衛さんの敬礼に目で返答する。

15メートルほど離れたところに人だかりが出来ている。さっきのコードブルーで集まったのだろう。

「ストレッチャー!」

「AED!」

「血圧誰か測ったの!」

緊迫した声が飛び交う。医者、看護師、警備員……合計20人はいるだろうか。

人だかりを強引にかき分けてゆく。

「通して!」

「稲田先生!」

見覚えのある体型、白衣のままうつ伏せで倒れているのは泌尿器科《ひにょうきか》の医師、稲田ではないか。

動きはない。嫌な感じがする。

「ストレッチャー！　バイタル測って！　救急外来からカラー持ってきて！」

このまま仰向けにするのも危ない。

そして、隣で数人に囲まれているのが、吹田だった。すでに起き上がり、パジャマのままコンクリートの地面に座って呆然《ぼうぜん》としている。顔面に少し出血があり、左手をだらんと下げているが、どうやらかなりの軽傷のようだ。信じられない。

「吹田さん！　大丈夫？」

大きな声を出すとこちらに顔を向けたが、目の焦点は合っていないようだ。気がつけば、上気した顔の荒井がそばについている。

「吹田さん！」

かくっと首を曲げる。よし、こちらはひとまず大丈夫だ。

「荒井、そっち任せた！　救急外来に運んどいて！」

「はっ！」

再び稲田に目をやると、救急外来から看護師のゆり恵が来て早くも血圧を測っていた。

「だめ、測れない！　橈骨動脈《ラディアール》も触れないわ！」

とっさに稲田の右手首で脈を探す。体に力が入っておらず、手がだらんと垂れる。

1秒、2秒……たしかに触れない。

「息はしてるの！」

そう言いながら、ゆり恵はうつ伏せになっている稲田の顔に手を当てた。

「呼吸はある。とりあえず救急外来に運びましょう！」

見たところ自分よりも救急に詳しそうな医者はここにはいない。内科医、耳鼻科医、
そして研修医が3人ほど。あとは看護師などだ。外科系か救急、循環器内科が欲しい。

しかしそんなことは言っていられない。

「首、固定します！」

いつの間にか誰かが持ってきた、頸椎《けいつい》カラーが手元に届いていた。

「俺が首を持つから、まずみんなで体をひっくり返そう。意識《レベル》は？」

「3桁《けた》よ」

ゆり恵が答えた。3桁とは、強い痛みの刺激になんとか反応するだけというジャパ
ンコーマスケールの300点台を意味する。平たく言えば、意識状態が非常に悪い、
という意味だ。

「了解、じゃあ準備いいですか？」

稲田の周りを6人ほどが囲んでいる。いけるだろうか。

「たぶんかなり重いから、一人ひとり力入れて！」

普段、手術室や救急外来などでこういう作業をしているのであればこの人数でもいける。しかしどうだ……。

「じゃあ行きますよ！　今うつ伏せなので、まずは左側臥位《そくがい》まで！」

「はい！」「オーケー！」口々に言う。ゆり恵以外はみな若い男女だ、これならいける。

「イチ、ニイ、サン！」

白衣に包まれた稲田の大きな腹が、横を向いた。脂《あぶら》っぽい黒髪が指に絡《から》む。

「よしっ！　次はこのまま仰臥位《ぎょうがい》まで行きます！　大丈夫？」

「大丈夫です！」

「重いから早く！」

「じゃあ行きます！　イチ、ニイ、サン！」

稲田の体が宙に浮き、仰向けになった。目はつぶったまま、浅く呼吸をしている。

手足はぶらんと落ちかけ、力が入っていない。白いズボンの足はカエルのように曲がっている。

「稲田先生！　稲田先生！」

肩を叩《たた》くが、反応はない。ゆり恵が支えていた右手が落ち、だらりと下がった。

脊髄損傷《セキソン》。いやな単語が浮かぶ。脊髄という太い神経が損傷し、手足が動かなくなったり、ひどいと首から下が全く動かなくなったりする。呼吸が停止し死に至ることもある。いや、もしくは頭の中でなにかが起きているのかもしれない。

沸騰《ふっとう》していた自分の頭が、急速に冷めていくのを感じる。重症であればあるほど、事態が深刻であればあるほど、冷静になってしまうのは、いつからだろうか。目の前で倒れているのは、もはや稲田ではない。

「ストレッチャーに載せよう」

静かに告げる。もう大声は必要ない。

周囲のスタッフたちはぎょっとしているかもしれないが、頭はすでに切り替わっている。

稲田の隣にストレッチャーが運ばれる。また6人で持ち上げよう。バレーボールのレシーブのように、腕で首を支えつつ手は背中を持つ。

「持ち上げてストレッチャーに載せるよ！　今度は重いから！　それ、イチニイサン！」

それほど背は高くないが、太鼓腹でずしりと重い稲田が宙に浮く。白衣の裾《すそ》が垂れたが、気にするものはいない。

まるで凄腕《すごうで》のパイロットが行う着陸のように、ふわっと稲田の体はストレッチャーに乗った。稲田の反応はない。

「急いで！」

ストレッチャーを押すと、救急外来へと走ってゆく。

*

「ですから、いま手術《オペ》してもどうしようもないんです」

上下の手術衣に身を包んだ長身の整形外科医、長吉《ながよし》はそう言うと、紙コップのコーヒーを一口すすった。

「なにか、神経予後を改善させる手立てはないんですか。ステロイド大量投与《パルス》とか」

「先生」

黒々とした前髪を左手で少し避《よ》けると、微笑んでみせた。ちらっと白い歯が見える。

確か俺より少し若かったような気がする。手術が終わったばかりのところをかけつけてくれたのだ。

「お気持ちは一緒です。私もなんとかしたい。しかし、脊髄がこれだけダメージを負っていると」そう言うと下を向き、残念ですが、と続けた。「神経予後は絶望的と言わざるを得ません」

どうにも胡散臭《うさんくさ》く感じてしまうのは、この男が今の季節にしては日に焼けすぎているからか。それとも整った顔の真ん中にある矢印のような鼻のせいか。

救急外来は、先だっての喧騒はどこへやら、いまや稲田のベッドの前にいるのは自分とこの長吉だけになっていた。

稲田をストレッチャーで救急外来へと運び込み、昇圧剤や点滴で血圧を落ち着かせたところで、他のスタッフはそれぞれの持ち場に戻っていった。その後、全身のCT検査を行った。そこで、頸椎、つまり首の骨の骨折とその中の神経である頸髄の損傷が判明したのだ。

頸髄は小指ほどの太さの神経の束で、脳から出て、筒状になっている背骨の中を通ってお尻《しり》のあたりまで垂れ下がっている。神経の束は言わば、電気コードのようなもので、上から下に電気が伝わることで体を動かしたり、逆に伝わって痛みを感じさせたりする機能を持っている。これが、かなり上のほうで断裂してしまうと、コードの断線と同様に脳と体の間の電気信号が伝わらず、体を動かす指示が届かなくなってしまい、さらには感覚も失われてしまう。

「不可逆的、ということですか」

「それは今後のリハビリ次第です。が、正直厳しいかと」

目を細め苦しそうなそぶりで言う。しかしこいつは本当に胸を痛めているのだろうか。この、稲田という泌尿器科医の、少なくとも手術をするという機能はまったく失われるというのに。十数年もかけてトレーニングを積み、下手とはいえ、一人前になったというのに。整形外科医のくせに、手術を日々行なっているのに、どれほど残酷なことなのかわからないのか。

「すいません、次のオペがあるのでこれで」

長吉は軽く一礼すると、音もなく去っていった。

目をつぶったままベッドに横たわる稲田に目をやった。確かに稲田は、ベッドに寝ているというよりは横たわっているのだ。手足は全く力が入っておらず、体も不自然な仰向けというか、ただ真上を向いている。これから体の向きを変えて褥瘡《じょくそう》を予防していくのだろうが、まるで丸太が布団《ふとん》をかけられているように見える。

「稲田先生」

意識はだいぶ戻っているはずだが、声をかけても反応はない。

以前、一緒に手術をしたばかりの稲田。大出血をし、まったく止められなかったこの男。その上で、院長に告げ口をした稲田。憎たらしく思うはずだが、そういう感情は今はまったく感じないのは、稲田への圧倒的な優越か、もしくは憐《あわ》れみなのだろうか。もう同じ土俵にいないと思っているから、ただ同情しているのだろうか。

いや、そんなことはない。医者として、重症患者を見たときの感情が湧《わ》いてきているだけだ、あくまで自然に。そう思いたい。

もう稲田は、泌尿器科医はやれないだろう。医者を続けるのも、麻痺《まひ》の程度によっては不可能かもしれない。うろ覚えだが、たしかこの頸髄のレベルの損傷だと、四肢麻痺、つまり手足は全く動かない状態になる可能性もある。

何台かの救急車が到着し、再び騒がしくなり始めた救急外来で、剣崎はしばらく稲田のベッドサイドに立ち尽くしていた。

＊

「先生」

声をかけてきたのは荒井だった。

「ああ」

こちらの表情を見てぎょっとしたようだ。

「すいません、今よろしいでしょうか……？」

慎重に聞いてくる。

「ああ、どうした」

「飛び降りた吹田さんなのですが、軽症です」

「え？」

飛び降りた吹田のほうを完全に忘れていた。

「骨盤骨折は一応あるようですがまったく大したことはなく、あとは足と鎖骨と肋骨《ろっこつ》何本かの骨折だけで済んでいるようなのです」

「マジで？」

思わず大きな声が出た。

「ええ。頭も何もなく、血気胸《けっききょう》もありませんし、腹腔《ふくくう》内も特になにも起きておりません。ですので整形外科にコンサルトしております」

申し訳なさそうに荒井が言う。

なんてことだ。14階から落ちたら普通はまず致命的だ。たしかに駐車場で見た時は、重症感はなかった。しかし腹腔内の出血や、肋骨が肺に刺さって気胸になるくらいのことはあってもまったくおかしくない。いったいどういう落ち方をしたというのだろう。途中でひっかかったときに速度がかなり落ち、さらには稲田のクッションでほとんどダメージを負わなかったということか。

「そうか……」

重症であって欲しかったわけではない。自分の患者である吹田が軽症だったのは喜ばしいことだ。しかし、勝手に飛び降りた本人は軽症で、おそらく助けようとして受け止めた稲田が重すぎるダメージを負うとは。

こんなことがあって良いのか。

「先生」

荒井がメガネを上げながらこわごわと声をかけてくる。

「もしかして稲田先生は……」

そうか、こいつは全く知らないのだった。

「死にたくて飛び降りた吹田さんを助けるために受け止めて、頸髄損傷、おそらく一生四肢麻痺ではないかと整形外科に言われている」

「えっ！　稲田先生がでしょうか？」

「そうだ」

このあとの反応を聞きたくない。おそらく俺とおなじだろうから。

「こっちはもうバイタルも落ち着いたし、そっちも整形外科にまかせよう。吹田さんはどこにいるの」

「いや、しかし……」

明らかに混乱している。

「いいから！」

思わず大声を出してしまった。

「申し訳ございません、ご案内します」

救急外来の別の個室のベッドに吹田はいた。白い三角巾《さんかくきん》を首から下げ、左手を吊《つ》っている。しかし二度も自殺を企図した患者に、主治医としてなんと声をかければいいのだろうか。

「吹田さん」

「ああ、先生！」

晴れやかな顔をしている。大騒動を経て、どこかふっきれたような表情である。

「吹田さん」

言いかけると、「すいませんでした！」と首を少し下げた。鎖骨骨折らしいから、痛むのだろう。

「いえ、大丈夫なら良かったのですが」

隣で荒井が体を硬くしているのが伝わる。

「はい、すいませんでした！」

吹田はそれしか言わない。謝られても困る。

「いえ、では」

頭を下げると、逃げるようにベッドサイドから離れ部屋を出た。近くの電子カルテ用のデスクトップが並ぶデスクに座る。ログインし、吹田のカルテを開ける。２００枚以上あるＣＴ画像をマウスの真ん中のマウスホイールをコロコロと回してスクロールする。なるべく感情を押し殺して画像を見ようとする。

頭部CTでは、特に頭の中の出血や脳挫傷《のうざしょう》はない。頭蓋骨《ずがいこつ》の骨折もなさそうだ。胸、腹と順に見ていく。鎖骨はボッキリ折れている。肋骨は……と見ていると、

「この辺りかと」

と荒井がモニター画面を指した。確かに骨折しているようだ。

「うん、ここと、ここだな。しかし見事に内臓はまったく損傷していないのか」

腹水もなく、先日手術をしたところももう完全に治っている。腸管や膜の炎症もない。

骨盤に数センチの不審な線が入っている。骨盤骨折もあるかもしれないが、たいしたことはない。

全《すべ》ての画像を二度、細かく見ていったが、特に新しい発見はなかった。

「お前一人で画像読んだの？」

「はっ、いえ、まずは自分で拝見しましたが、念のため放射線科の先生のところへ赴きまして、見て頂きました」

いい判断だ。俺が稲田にかかりきりになっているのを見て、そうしたのだろう。荒井の学年で、一人でこんな外傷患者のCTを見て判断するのは危険だ。

「損傷は他にはないな、俺が見ても」

「はっ、ありがとうございます！」

「で、どうするか」

「そうですね……」

ふうう、と大きく息を吐いた。ため息だ。

そこへ、洞田ゆり恵がやってきた。

「あら剣崎先生も見てくれたんですね、ＯＫですか？」

「うん、骨折だけかな」

「承知しました。では整形外科で入院取りますね」

「いや、まだ外科で入院してるんだよ。今日退院のはずだったんだから」

「ええ、でしたらもうベッドがないはずですから、整形外科の病棟に聞いておきます」

さすがベテランだ。何事にも抜かりがない。

「ありがとうございます。それで……どうすればいいですかね？」

思わずゆり恵に聞いてしまった。

「剣崎先生、精神科コンサルトと、あとは、ご自分のお仕事に戻ってください」

そうだ、精神科コンサルトをしなければ。

「しかし、精神科はすでに入っていましたが……」

荒井が申し訳なさそうに口をはさむ。

「退院も問題なし、と言ってくださっていましたが、このような……」

そうだった。精神科医は吹田の精神状態についてOKを出していたのだった。次回OKを出してもらったからと言って、また飛び降りないとも限らない。しかも14階からの飛び降りは、本気だ。

「それはそうだな」

電子カルテをログアウトしながら続ける。情けないが、他に何も思いつかない。癌《がん》に絶望し、自分の先行きに絶望してこれ以上生を続けることを拒否する患者に、なにをすればよいのか。

「でも、他に方法はない。もう一度精神科のドクターに電話してみてもらえるか」

「わかりました」

吹田の家族にも電話しなければならない。あの奥さんに。

立ち上がると、荒井と救急外来をあとにした。

*

その日の夜、23時。金曜日の「The One」は、梅雨時のわりと強い雨の日だというのに満席だった。カウンターの8席しかないのだから、すぐに埋まってしまう。松島は用事があるとかで、剣崎は先に入って一人でいつもの酒、ラフロイグを呑《の》んでいた。尾根には夕方電話をしておいたので席は取ってもらっている。その代わり、一番手前の出口に近い席だった。奥には白人男性が二人、その手前にはかなり筋肉質な男性と細身の女性が二人、隣にはワンピースの女性が二人で座っている。筋肉質な男性の声だけが大きく、「結局、テレビCMっていうのはさぁ」などと話しているのが聞こえる。広告代理店の社員だろうか。

手に持っているロックグラスは、バカラのものだ。厚底の靴のように底のガラスが分厚く、上にいくにつれて薄くなっていく。持つ部分にはたくさんの剣の先のような、ひまわりの花びらのようなギザギザの装飾が施されている。ずっしりと重いのに、口当たりはごく繊細だ。

中の丸く大きい氷が、ラフロイグに浸《つ》かっている。氷から少しずつ溶け出す水が、アイラ島のシングルモルトのきついアルコールを和らげている。

それでも、今日は高いアルコール濃度そのままで呑みたい。口や喉《のど》を焼きたい、自傷行為のような感覚。そうは言っても松島が来る前に酔っ払うわけにもいかない。食べる気にもなれず、夕食を取っていないのもある。

カウンターの中ではマスターの尾根と、バイトの大学生の迫田が忙しそうにお酒を作っている。金曜日だからだろうか、ハイペースで呑む者が多いようだ。

少しずつほどけていく緊張の糸を手繰り寄せては離す。糸はまた引っ張られていき、ピンと張る。脳が少しずつ麻痺していく。

いったい、どんな日だったのだ、今日は。ただ、午前に手術は終わり、吹田が経過良好で退院し、5時位には仕事が終わってゆっくり論文でも書き、それからここに来て呑む、という平和な金曜日だったのではないのか。

屋上まで走り、1階まで走り、それから救急外来へ。稲田の脊髄のCT。整形外科医の長吉。吹田の白い顔。申し訳なさそうな表情。鎖骨の骨折線。

スライドショーを見ているように、1枚ずつ眼前に浮かぶ。誰が悪いわけでもない。癌への絶望。呼吸器科の、肺癌の主治医はどう思っているのだろうか。きっとどうも思っていないだろう。もし責任というものが発生するとしたら、この責任は――。

ドアが軋《きし》む音がして、「いやあ酷《ひど》い雨やなぁ」と松島が入ってきた。

「よ、お疲れさん。早かったね」

「せやろ？」

何をしていたのかわからないが、そんな野暮なことは聞かない。

「ビール？」

「うん」

「さこちゃん、ビールお願い」

おしぼりを持ってきたアルバイトの迫田に頼んでいる。男から見ても魅力ある、すっきりした顔立ちだ。相変わらず男前だ。

「承知しました」

にっこり笑って戻っていく。

松島はおしぼりで手を拭《ふ》きながら、軽く店内をざっと見渡している。

「なんていうか、だいたい、いつもどおりやな」

「そうだね」

「お待たせしました」

迫田がビールグラスとつまみの乾物を並べてくれた。

「じゃ、さっそく」

「お疲れ」

ビールグラスとロックグラスがかちりと音を立てる。その次の瞬間には松島がビールを半分くらいに減らしている。

「くぅー！　旨《うま》い！　梅雨はやっぱりビールや！」

口の周りを白くして相好《そうごう》を崩した。

「まっちゃん一年中ビール呑んでるじゃん」

せやな、と笑う。また口をつけると、早くもグラスが空になっているではないか。

お代わりを迫田に頼みつつ、松島は身を乗り出した。

「で、どんなだったん」

もちろん松島も、この話になるとわかっていたのだ。

かいつまんで、コードブルーのこと、屋上から駐車場へ走ったこと、吹田の飛び降りまでを話した。

すぐに迫田が持ってきたお代わりのビールを呑みながら松島は、「屋上、出られんのや！」や「え！　あの人また飛んだんか！」など合いの手を入れていた。

「死んだん……よな？」

松島が知らないことにも驚きつつ、そういえば今日は院外へ出張していたのだった、と思い出した。

「いや、それが」

ラフロイグに口をつける。松島には正露丸の匂《にお》いとからかわれるが、これほど豊かな香りはそうそう作れるものではない。

「なんかうまいこと途中で引っかかって減速して、さらに下敷きになったのよ、泌尿器科の稲田先生が」

「え？」

松島の表情が固まった。

「で、稲田は脊損《せきそん》だって」

「セキソン？　脊髄損傷の脊損？　マジか……あの、飛んだ人は？」

「あの人は、足と鎖骨骨折と肋骨骨折だけ」

「なんと……」

絶句している。無理もない。

「なんか、いろいろ酷いだろ」

松島は返事をする代わりに、ビールを飲み干した。

「ありえへん」

それだけ言うと、こわばった顔のままつまみのナッツを口に入れた。

「なんなんや。死にたいなら一人で死ねや。稲田が……あの稲田……」

なんと言えばいいかわからない。

再びグラスを舐《な》めた。

数時間前の自分と、おそらくは同じような思考の過程をたどっているのだろう。こんな時は何も言わないでいい。

隣の隣のカップルの男性の声が聞こえる。「マクドナルドとかトヨタなんかはさ、結局ウチでやってるんだけどね」「すごーい」若い女性の猫撫《な》で声。

「で、どうなったん」

松島は、ようやく現実世界に戻ってきたような顔をした。

「いや、どうもこうもないよ。神経原性ショックは脱したけど、CT撮ったら整形の先生はたぶん四肢麻痺だろうって言ってる」

「四肢麻痺か……」

手元に視線を落として言った。

「きついな」

「ああ。きつい」

それきり二人とも黙ってしまった。業界カップルはにぎやかな会話を続けながら、店を出てゆく。隣の女性たちの声はほとんど聞こえないのに、外の雨の音が聞こえてくるようだった。ロックグラスの中で、氷は溶け続けていた。

どこにも着地点がない。立ち上がってしまったこの感情を、座らせる場所がないのだ。吹田を救おうとした稲田は、これから生涯寝たきりで過ごすことになる。一度ならず2度まで死のうとした吹田は、骨折だけでピンピンしている。

バカラのグラスを少し動かし、氷を鳴らす。憎たらしかった稲田が、あんなことになってしまった。同じ外科の医者として、外科医のキャリアをそんな形で閉じることになった稲田は、いまなにを思うのだろう。

発する声と言ったら、尾根か迫田への注文だけだった。彼らも、二人の気配を察し、声をかけてくることはしない。他に、二人の様子を気に留める者はいなかった。客たちは自分の住む世界の諸問題について静かに議論を続けていた。

店の外はいっそう雨脚を強めていた。これでは店を出て階段を登っても、東京タワーは見えないだろう。

「自分だったら、下敷きになるかな」

酔った頭で、無責任に言葉を放り出す。

「俺なら避《よ》けるやろな、うん。いや、どうかわからんけど」

言いながら松島は、バーカウンターの一点を見つめている。

「稲田先生のこと、あんなにボロカスに言ったけど、実はすごい人なのかもな」

「ああ」

「でも、もう手術はできない。医者だってできるか……」

おそらくもう医者を続けることはできないだろう。できたとしても、画像診断などのごく限られた業務を、病院や施設、自宅で行うくらいだ。

「俺だったら、生きていけないかも」

「またまた、剣崎先生は大げさや。顔だけ動けば、パソコンだっていじれるやん。なんか出来るって」

松島はそう言うが、まったく想像がつかない。朝から晩まで、ときに夜中も休日も手術漬けのこの15年だった。もうすぐ人生の半分は手術にまみれた生活、なんてことになる。苦しくも、熱狂した日々。それを失ったら、どうなるのだろう。決して他人《ひと》事《ごと》ではない。通勤中、トラックに轢《ひ》かれるかもしれないのだ。

「オペできなくても、いい？　まっちゃんは」

「え？」

松島は思案顔で一口ビールを飲むと、言った。

「いやや」

やはり。

「いややけど、しゃあないやん。また新しい人生を始めればええやん。必ずあるって、自分がやること」

「そうかな。俺にはそうは思えない。これまでもオペしかなかったし、これからもオペしかないよ」

重いグラスに唇をつける。炭の香りが広がる。

「ま、それも人生や」

二人はその日、2時過ぎまで呑み続けていた。

＊

後日、稲田は整形外科で手術を受けたものの改善はなく、四肢麻痺はこれからのリハビリ次第だが回復はほぼ絶望、とのことだった。数週間後、彼はリハビリの専門施設に転院していった。

一方、吹田はやはり手術を受け、元気になり飛び降りから3週間で退院した。精神科は「問題なし」という評価であった。退院後はこれまでどおり剣崎の外来へ通院している。

第四章　ロボット手術、二つの危機

6月下旬になり、東京は雨の日が続いていた。麻布十番の駅前の古いマンションから、曇天の下歩いてゆく。途中、それほど高くないビルの合間から見える東京タワーの橙《だいだい》色がくすんで見える。高速道路の高架下を歩いていると、もともと芸能人かなにかだった男性が開いている鉄板焼屋があり、その店先に紫陽花《あじさい》が咲いていた。

紫陽花は大きく2種類あり、花びらでいっぱいになる普通のアジサイと、真ん中には花びらが無いシャンプーハットのようなガクアジサイがある。どういうわけか、昔からガクアジサイのほうが好きだった。この店先には淡い紫のガクアジサイが植えてあり、4つほど花を咲かせていた。真ん中に密集した小さな紫の点々を、三つ葉のクローバーのような形をした花びらが5つ、ぐるりと囲む。薄い紫と水色をまぜ合わせたようなその花びらの色に、なんとも心奪われてしまうのだ。

この花をスマートフォンで撮るのが日課になっていた。誰に見せるわけでもないのだが、仕事中に見返すとそれだけで心が落ち着く。

今日は、久しぶりに「大人ウォーキング部」に参加する。この変な名前の社会人サークルは、高校時代の友人だった木杉暁《きすぎあかつき》が作ったものだ。30歳を過ぎたころから同窓会をきっかけにたまに呑《の》みに行くようになり、このゆるやかなサークルに誘ってくれたのだった。

木杉は出版社勤めで、女性ファッション誌の編集長をやっている。よくもまああんな、お洒落《しゃれ》とかけ離れた地味な男子校からそんな職業についたものだと思うが、再会したときすでに木杉は洗練された雰囲気を漂わせていた。細身だが筋肉質で、着ている服はモノトーンが多くシンプル。普段から芸能人や文化人たちと会っているからなのだろうか、いつ見ても切ったばかりのような髪型で、鼻毛を出していることもなく、よれた服を着ていることもない。常にレモンのような柑橘《かんきつ》系の香りを漂わせている。同じ東京に住んではいるが別世界の住人のようだ。

集合場所の芝公園に着くと、すでに木杉を含めたアウトドア風の服装の10人くらいの男女が芝生に座って談笑していた。広大というほどではないこの公園は、真ん中にテニスコート4面分くらいの芝生スペースがあり、周りをぐるりと歩道が囲んでいる。端に遊具が少し設置されているだけで、あとはベンチが並ぶくらいのシンプルな公園だ。すぐとなりの増上寺《ぞうじょうじ》とその横に見える東京タワーが、いかにも都会の雰囲気を醸《かも》し出している。

曇り空の下、芝生を突っ切って彼らのもとへ急ぐ。

「おー剣崎くん、おつかれさん」

木杉が軽やかに手を上げた。白いTシャツに黒いパンツ、頭には後ろ前にキャップを被《かぶ》っている。

「ご無沙汰《ぶさた》してます」

「こんにちはー」

頭を下げる。何人かは前にも会ったことがあるようだ。

この日は木杉自身が企画した、「梅雨の都内を歩く会」というイベントだった。いつもどうやって人を集めているのかよく知らないが、自分のところにはいつも木杉からじかにメールが来る。先月もらっていたメールに、土曜日にやるから来てよ、と短く記されていたのだ。

社会人サークルというものも実際よくわからないが、とにかくここにはいろんな職業の人が来る。木杉の人脈なのだろう。

「会ったことある人もいるよね？」

「はい、あります。ね、先生」

そう言うのは飛田《とびた》ひろ子だ。たしか公認会計士と言っていた。痩《や》せていて丸顔の可《か》愛《わい》らしい女性だ。まだ20代中頃だろうか。

「先生、お久しぶりです」

彼の名前はたしか芝浦《しばうら》くん。テレビ局勤めだった。同窓の東大出の、太眉《ふとまゆ》に整った顔をした男前で、前回の「ジンギスカン飲み会」の折にとなりだったが、話が面白かったという印象があった。

「あとは、もしかすると初めてかも。こちら篠子《しのこ》ちゃん、広告代理店で働いてる。あとこっちは戸部《とべ》くん、弁護士さん」

篠子ちゃんと呼ばれた女性は、長い黒髪にピンクのジャージ姿だ。目が大きい。初めまして、と頭を下げる戸部くんは、ごつい体の割に、赤ん坊のような顔をしている。

「んでこちら、島《しま》さんね。化粧品メーカーの人です。それとこっちがボーラくん、イタリア人なんだけど、日本語もペラペラ」

島さんという女性は、唇が厚く、少し目が離れていて魅力的な女性だ。親しみやすい笑顔を返してくれた。ボーラくんはぱっと見は日本人だが、たしかに目元に欧米人の濃さがある。

「綾《あや》ちゃんは剣崎くんと会ったことあったよね？」

「うん、あります」

前回、たしか3ヶ月くらい前のこの会で会っていた綾子ちゃん。IT関連のベンチャー企業に勤めているおっとり垂れ目の美人さんで、かなりお酒を呑む子だった。たしか26歳ぐらいだったと記憶している。

自分を入れて全部で9人だ。この会はいつもこんな具合で、新しい出会いがあった。名前を覚えなければならないのだけが苦手である。

「じゃこれで全員揃《そろ》ったんで、ぼちぼち行きますか」

「はーい。暁くん、今日はどんなルート？」

篠子が甘えたように言う。親しいのだろう。

「ええとですね、ここから増上寺を眺めつつ国会議事堂まで行って、皇居をぐるっと一周してから六本木ヒルズで終了って感じで考えてます。ゴールは麻布十番で、残れる人だけ呑みに行こう」

「けっこう長いのねぇ。私、麻布十番で呑んで待ってるわ」

肉感的な唇の島さんが言う。

「え、マジで言ってるんすか、だってこれ、ウォーキング部ですよ。歩かなきゃ意味ないんですけど」

「島さん、私も頑張るから一緒行こうよ」

会計士の飛田が島の白い腕に手を絡《から》ませた。もともとの知り合いなのだろうか。この中の人間関係もずっと謎《なぞ》である。

「じゃ、今2時なんで、だいたい5時にはヒルズに戻ってこられてるといいですね。話しながら歩きましょう。皇居まで3キロ、皇居一周が5キロ、ヒルズまでは4キロくらいです」

「了解ー！」

「レッツゴー！」

口々に言う。両手を上げるものもいる。

普段の職場と全く違うノリについていけない。が、そんなことを言っていたらおじさんになってしまう。リフレッシュのために、あえて院外の人と会う機会としてここに来ているのだ。とはいえ気恥ずかしいので、声は出さず片手を上げて同意を示した。誰ぞろぞろと歩き始める、年齢も性別も職業もばらばらの9人。不思議な行軍だ。

と話していいかわからないので、とりあえず先頭の木杉の横についた。木杉は、今日のルートが頭に入っているようで、スマートフォンで地図を見るようなことはせず「こっちでーす」とか「ココ左折です」とみんなを誘導してゆく。

「木杉くん、久しぶりだよね」

「前回以来だよねぇ。元気してた？」

同い年で元同級生なのだが、大人になってから再会したせいか、どことなく他人行儀である。

「うん、あ、まあまあかな」

「あれれ、それって疲れちゃってるんじゃない？ 俺はそんなに忙しくなかったんで、休みとってタイとか行ってたよ」

雑誌の編集長という仕事は、責任者だから現場を離れられないのかと思っていたが、そうでもないんだろうか。病院で置き換えると、重症患者を4人くらい常に担当しているような感じなのかと想像していたが、そうではないようだ。もしそうだとしたら、海外どころか遠出、病院から1時間以上離れる場所にも行けないだろう。

「え、そんな離れられるんだ？ さすがだね」

セリフとは裏腹に、木杉のスキルが高いからできるんだよね、というニュアンスを込めて失礼のないように言った。

「いやいや、今は編集作業とかはだいたいパソコンでどこでも出来ちゃうからね。あとは部下が記事作ったらそれをチェックしてって感じ。撮影だけはどうしても現場いかないとダメだけどね」

「そういうもんなんだ」

医者や看護師以外とこんなふうに話せる機会は、ほぼこの会しかない。しばらく仕事の話を続けながら歩くと、皇居のお堀に着いた。

「みんなごめん、国会議事堂のほうに寄っていくの忘れた。いいよね、今日は政治家とかいないし」

木杉が後ろについてくるメンバーにそう言うと、「いいよー」「オーケー」など反応が返ってくる。それぞれ、2人組や3人組になって話しながら歩いている。

「じゃあこれから皇居をぐるっと歩きます。道が狭いから一列になりましょう」

まるで引率の先生のようだが、たしかに皇居のお堀の周りの道は思ったより広くはなく、おまけにけっこうな数のランナーもいる。一番前が木杉、続いて自分、後ろにはテレビマンの芝浦くんという順になった。他の皆も一列になった。

歩き始めてからすぐ、空を覆っていた雲はどこかへ隠れ、晴れ渡っていた。ここにはマツやサクラなどいろいろな木が植えられていて、太陽の光を浴びる新緑が目に眩《まぶ》しい。

「気持ちいいねー」

後ろの芝浦くんが大きな声を出す。反応しないのもなんだか無視しているようだから、振り返って「そうですね」と笑った。

縦一列だから話しづらいこともあり、それからしばらくは黙って歩いた。皇居の周りの道には、歩いている人もランニングをしている人もいる。歩いているうちに不思議な感情が湧《わ》いてくる。普段自分が病院でやっていることは一体何なのだろう、という大雑把な、根源的な疑問が頭に浮かぶ。

交番に立っている警察官。まだ若そうだが、皇居の護衛だ、何か起きたら身を挺《てい》して皇居を守るのだろう。皇居だと、変な人が襲ってこないとも限らない。自分が制服を着て直立不動であそこに立っているところを想像した。

朝来てあの小さなボックスのようなところに立つ。おそらく夜勤と交代だろう。医者のようにぶっ通しで36時間勤務するなんてことはあるまい。お国のために、そう思えば長い棒を持つ手にも力が入りそうだ。腰には警棒と拳銃《けんじゅう》。行き交う人をぼんやり眺めるようで、不審者がいないかをサーチする。自分の持つ経験と、鍛えた勘とでだ。

怪しい者を認めたら、すぐに報告する。

とはいえ、そんな悪人が現れる可能性は極めて低い。ましてこんな梅雨の中休みのような晴れた土曜日の昼下がりだ。1年で100日はここで警護をするのだろうか。するとと5年で500回、10年で1000回。1000回も同じところに立ち、目を光らせても、なにも起こらない可能性が高い。そんな仕事を、俺はできるだろうか。何も起きないことが前提の仕事。

もちろん「ここに制服を着た警察官が立っている」ことの、犯罪の抑止効果は計り知れない。しかし、それは俺でなくてもいい。もしかしたら監視カメラでもいいのかもしれない。いや、それはダメだ。生身の人間が立っていることに意味があるのだ。この警察官にも親がいて、恋人がいて、友人がいる。大切なものを守る、そんな気持ちで立っているのかもしれない。自らの命を細切れにして、少しずつ消費しながら。

結局のところ、同じなのだ。外科医という仕事も、自分でなくても誰かがいる。大出血だって稲田には止められなくても松島がいる。自分がいなくなったら同じようなスキルの外科医が異動してくる。そうやって、この世界は代替可能な者で構成され、成立しているのだ。

そう考えると嫌な気持ちにもなる。が、気楽な気もする。

とっくに警察官の脇《わき》を過ぎてしばらく経《た》つのに、まだそんなことを俺は考えている。稲田。あのひどい脊損《せきそん》は、どれくらい改善するのだろうか。吹田さんは、いつかまたチャレンジしてしまうのだろうか。

考えれば考えるほど、自分の手に負えないことばかりだ。情けない。なんという無力。俺は、何のために生きているんだろう。

気づくと目に涙がたまっていた。幸い前後にしか人はいないから、自然な動きになるように右手で目をぬぐった。なぜこんな、天気のいい土曜日の午後に涙ぐんでいるのか。歩いているからかもしれない。不思議な孤独を感じているからかもしれない。いや、そんなことではなく、ただ最近嫌なことが続いて疲れているだけなのかもしれない。

そう自己分析を行うと、心は落ち着く。いつもそうやってパニックを回避してきた。中学時代からどういうわけか身につけている技術だ。

黙々と歩き続ける。後ろの方で何人かの女性たちの声は聞こえるが、あとはみな黙って歩いている。大きなビル、いくつかの門を過ぎる。美術館を右手に見ながら、歩く。歩き続ける。木杉のペースは速い。ウォーキング部だからあえて速歩きをしているのだろう、ゆっくり歩く観光客をどんどん抜いていく。

急に視界が開けた。

半蔵門を越えたあたりだ。なだらかな下り坂になり、お堀の水の向こうには高いビルのシルエットが青空の下に連なっている。

「あともう少しだね、一周まで」

木杉が隣に来て言った。ここからは道幅が広いので、二人で並んでも良いのだろう。

「どう？　リフレッシュしてる？」

「うん、ありがとう」

リフレッシュ。そうか、これはリフレッシュのためのウォーキングなのだ。ごちゃごちゃと病院のことばかり考えていてはダメだ。

「気持ちいいね、歩くの」

「でしょう。日常のこと、忘れられるよね」

後ろを歩く皆も、先頭の我々に従って2列になったようだった。会話する声が聞こえる。

「うん、忘れられる」

なんとなく、嘘《うそ》をついた。仕事のことばかり考えている自分を隠したかったのだ。

「え、嘘でしょ。なんか、悲壮感ある顔してるよ」

それほどわかりやすい顔をしているのだろうか。どう返答しようか一瞬迷ったが、

「なんで分かったの？」

と正直に応じてみる。

「分かるよ。だって、俺だって仕事のことばっか考えてたから」

木杉は笑った。

「でもさ、俺の職場はさ、人間関係とかの悩みが多いんだけど、剣崎くんはそれだけじゃないでしょ。日常的に患者さんが亡《な》くなったりとかしちゃうんだから、大変だよね」

いきなり、自分の悩みの核心を突かれたので戸惑った。しかし、救命したら怒られたことや、自分の患者が飛び降りて稲田にぶつかり脊損になったことなど、まさか打ち明けるわけにもいかない。

「いやいや、そんなことないよ」

そうは言ったものの、この木杉なら聞いてくれるかもしれない。病院の患者さんの

話を院外でするのは守秘義務違反であり、ご法度《はっと》だ。でも、ぼかしながらなら悪くはないかもしれない。

木杉の横顔に目をやる。整った短髪に、整った眉。細い切れ長の目。鼻の下に少しはやした髭《ひげ》。まるで皇族の一員のような顔。こういう人が聞いたら、なんと言うんだろう。

「いやー、でも気持ちいいね。ここ一周でかなり歩けるんで、あとはヒルズまで行ったら呑みましょうよ。あ、今日大丈夫？」

「うん、大丈夫」

今日はまっちゃんが当直だ。呼ばれる心配はない。呑みながら話してもいいかもしれない。いや、そんな席になったら他の皆にも聞かせなければならない。そんな類《たぐい》の話ではないのだ。

「木杉くん、仕事でさ」

「え？」

こちらから話すのが珍しいのか、驚いた表情でこちらを見た。

「いやあのね、ちょっとした愚痴なんだけど」

「おーどうしたの？」

「最近色々あってさ、なんだかモヤモヤがたまってて」

「あれ、剣崎くんみたいなスーパーマンでも、そんなことあるんだ」

スーパーマンからはほど遠いというのに。表情が変わったのを気づいたかどうかはわからないが、木杉が続けた。

「俺でよかったら聞くよ」

こういうところ、管理職だからだろうか、如才がないのだ、この元クラスメイトは。

「実はさ」

後続の人たちには聞こえないくらいのボリュームで、性別を変え、年齢を変え、日付もぼかしつつ、先日救命した老婆《ろうば》のことを語った。さらに同僚が救命を行なわなかったことについて。そして会議で上司に吊《つ》るし上げられた件も伝えた。

「そうなんだ」

木杉はそれほど驚いた様子を見せず、淡々と話を聞いていた。

「それって、なんていうか」

歩きながら腕組みをして、考え込んでいる。

沈黙が流れる。

「答えなんてない問題じゃない」

「うん」

「僕らも、雑誌とか作ってて、答えなんてないんだよね。どういう企画が当たるかとか、どんなモデルがこれから来るとか。ある程度トレンドはあるから読めるんだけど、それでもじゃあどういうタイミングでここを押し出すかとか、誌面のレイアウトをどうするかとか、答えなんて一個もないんだよね」

まあクリエイティブな仕事ってなんでもそうだと思うんですけど、と木杉はかしこまって続けた。

なんとなく、ハラハラしながら続きを待つ。

「でも、最後はえいやって決めちゃうんだ。僕が責任者なんで。うん」

腕組みしたままうなずいている。

「だから、すいません、偉そうなんだけど、もちろんお医者さんの世界はもっともっと重いことやってると思うんだけど、最後は覚悟だと思ってるんだよね。責任者の覚悟」

「……覚悟」

意外だった。お互いに大変だよね、とか、誰かに決めてほしいよね、みたいな話で着地するのだと思っていた。

「ええ、覚悟。僕らの場合はそれで雑誌が売れなければ僕の責任で、売れないことが続いたら僕は編集長をクビになるんだ、多分。で、他の雑誌やってもダメだと、もうこの業界では誰も仕事くれなくなる。そういう、自分の命を乗っけてやるのが最後の責任者の判断だと思ってやってますよ、僕は。あ、なんか敬語になっちゃった」

「……なるほど……」

木杉の言っていることは痛いほど本質をついていた。そう、自分の命をかけてやっていれば、どうということはないのだ。要は、仕事に対して自分にその覚悟がないのだ。

「木杉くん、木杉くんってさ」

「え？　ごめん、なんか偉そうで」

「いや、すげーな」

声が小さすぎて木杉には聞こえていないようだった。

「ま、頑張って！　ほら、ストレスはウォーキング部で発散して！　今日はとことん呑もうよ！」

それから皇居一周が終わり、一行は六本木ヒルズに着いた。

「今日はお疲れ様でした！　じゃあ呑みたい人は麻布十番で韓国料理屋に行きましょう！　行く人、手を挙げて」

「行く行く！」

芝浦くんが真っ先に言った。

綾子ちゃんと島さんも手を挙げている。

他の人にも相談してみようか、と思いながらおずおずと手を挙げた。

「オーケー、じゃあ4人かな？　それ以外のみんな、またね」

ボーラくんとは握手して別れた。

木杉の号令で、解散となると剣崎を含む4人が残った。

綾子ちゃんが酒を飲みすぎて携帯電話を失《な》くした話を芝浦くんに語りはじめた。島さんは「木杉くん、サンプルの化粧品ちょうだいよ」などとねだっている。長い夜になりそうだ。

＊

医局の剣崎のデスクに小さい小包が置かれていたのは、それから3日後のことだった。タグには「支援物資」と記されている。ハサミで透明なテープを切り、白い箱を開けると透明なボトルが3本、それに円柱形のものが一つ入れられている。ボトルの背面には見づらい字で〝Four for men〟と書かれている。どうやら男性用の化粧品のようだった。円柱はヘアワックスだろうか。いずれも見たことがないブランドだった。

箱の奥からは「紅《くれない》の豚」のポストカードが出てきた。

「剣崎くん、応援です。真剣に戦う男の肌と髪をこれで守ってね。貰《もら》い物なのでお気になさらず。また飲もう！　木杉」

中性的な字で書かれたメッセージに、剣崎は思わず目がうるんでしまった。

こういうところ、洗練の中に優しさを持っているのだ、あの男は。だから彼の周りには人が集まるのだろうし、自分も思わず本音を漏らしてしまったのかもしれない。

その日の夜から、剣崎はシャワーのあとにレモングラスの香りの化粧水をつけ始めた。

＊

院長秘書の渡邉《わたなべ》さんからPHSに電話がかかってきたのは、その日の2件の手術が終わり、病棟で夕方の回診を終えたタイミングだった。時計は18時半を回っている。なんでも院長室に至急来てほしいと言う。こんな時間に何の用だろう。

「ちょっと院長に呼ばれたから行ってくるわ」

共に病室を回っていた荒井に声をかける。

「えっ！　い、院長ですか！　承知いたしました、どうぞお気をつけて」

相変わらず慇懃《いんぎん》な台詞《せりふ》を背中で聞きながら、エレベーターホールへと足を早めた。院長直々の呼び出しなど、これまでに一度も良い思い出がない。

エレベーターの扉が開くと、松島が出てきた。

「なんや、もう回診終わってんか」

「うん、終わっちゃった」

「こっちは、業者の話が長くてなあ。新しいデバイスの話、聞いた？」

手術の時に使う、血管や組織を血を止めながら切っていくエネルギーデバイスのことだ。

「あー、ハーモシュアーでしょ、こないだ俺のところにも来たわ」

「正直、前のバージョンと何が変わったのか全くわからん。ええから使い捨て《ディスポ》にすんのはよ辞めろやって言っといたわ」

「はは、まあ儲《もう》かるから無理だろうけどね」

手術の度に一つ5万円もする使い捨ての道具を使うのは、高すぎる。きっと使い捨てにしないでも出来るのだろうが、業者は感染対策という意味で滅菌して再利用することを拒否しているのだ。他の手術道具は滅菌して使っているのに、おかしな話だ。

「じゃ、ちょっと行ってくるわ、院長に呼ばれてさ」

「院長？　変なヤツやな、こんな時間に」

エレベーターで13階へと向かう。

院長室をノックすると中から「どうぞ」という低い声が返ってきた。

「失礼します。外科の剣崎です」

院長室に入ると、院長はいつも座っている茶色の革張りの椅子《いす》から立ち上がった。白いシャツに真紅のタイが、ジャケット型の白衣の胸元から覗《のぞ》く。

「ああ、忙しいところすまない。かけたまえ」

剣崎が応接ソファに座ると、険しい表情の院長は向かいに腰を掛けた。今日もオールバックがきまっている。

「実は頼みがあって、だ。いや、本題に入る前に、先日の稲田くんの件だが」

深いため息をついて続ける。

「非常に残念だった。ご存知かもしれないが彼は私の縁戚《えんせき》でね。君の目からみたら手術は発展途中だったかもしれないが、研究も臨床も頑張っていて、いずれはどこかの教授選に出そうと思っていたのだ」

返事に困り、黙ってうなずいた。

「君の患者らしいじゃないか、飛んだのは」

その言い方には非難がましいところはなく、事実の確認というふうだった。

「ええ、そうです」

「そうか。マスコミに知られずに済んだのは不幸中の幸いだった。もしあんなことが報道されたらしばらく受診控えが起こるからね。数千万円は被害があったかもしれない」

すぐに経営のことを考えるところが、この院長の辣腕《らつわん》たる所以《ゆえん》であり、あまり好きになれないところでもある。

「それで、本題とは……」

「実は、私の懇意にしている国会議員が、直腸《レクトゥム》の癌《カルチ》になってしまってね」

「直腸癌《がん》ですか」

「うん、それが結構低いのだが、ご本人はどうしても人工肛門《ストマ》を嫌だといっておってだ」

低い直腸癌とは、癌ができた位置が肛門《こうもん》に近いことを意味している。癌が肛門に近ければ近いほど、人工肛門を造る手術になる可能性が高まる。

院長からの紹介の議員、直腸癌、ストマ拒否……。

嫌な予感しかしない。

「あまり知らなかったが、剣崎先生は、ロボット手術の名手だと慈愛医大の大腸外科の教授から聞いていてね。いや、実は議員の精査も慈愛医大で行ったのだが、知っての通りあそこの教授は研究畑の人だから、手術はあまりやらないのだ。弟子にもあまり上手《うま》い外科医はいないそうでね、こちらに相談が来たのだ。ぜひ先生に執刀をお願いできないかと考えている」

頼み事をするときに限り「先生」呼ばわりするのは、どこの医者も同じなのか。しかし慈愛医大の教授……あの人のいい先生か。確かにオペはほとんどやらないと聞いた。一度学会でオペのビデオを見たが、血管も見つけられずに組織をぐちゃぐちゃと、まあひどいものだった記憶がある。病院が近所なうえ、学会でよくご一緒するので覚えていてくれたのだろうか。

「はあ」

自分でも驚くほど間抜けな声が出てしまい、打ち消すように続けた。

「光栄です。しかし……」

「なにか問題があるのかね」

すぐに浮かんだのは、外科医長の久米の顔だ。

「いえ、問題と言いますか……」

院長に言うべきか一瞬悩む。あの男は、自分を越して俺に院長から依頼が来たということで、激怒するに違いない。メンツが立たないと、大騒ぎをするのだ。小者ゆえ、院長命令ということで直接患者を奪うようなことはしないだろうが、手術が失敗するように画策をすることだって十分に考えられる。

ただでさえ院長じきじきのＶＩＰだ、そんな患者の担当をするだけでも気が重いのに、そこに久米にがたがた言われるのは大きなストレスとなるだろう。

「その、久米先生はいかがでしょうか。久米先生もロボット手術は執刀されますし」

「久米は駄目だ」

即答だった。

「あいつは下手だからな。前に久米のロボット低位前方切除術を見たが、あんな技術ではストマは回避できないだろう。そもそもあの歳《とし》でロボットなどうまく操れるはずもない」

憮然とした表情で言う院長は、本気なのだろうか。かつて院長が現役でメスを持っていた頃の、一番弟子が久米なのである。

「しかし、私にも人間関係というものがありまして」

「それは心配ないよ。あの男は私の指示だと言えば文句を言わないのは君もよく知っているだろう？」

院長はネクタイの結び目に触れると、続けた。

「そうですが……」

「さっそくだが、明日の先生の外来に来てもらう予定にしてある。よろしく頼む。当院の運営にとても理解のある方でな、かなりいろんな方面に顔が利《き》くのだ。前の病院建て替えにもお世話になった上、今度のウチの新事業でも大変力になってくれている。大臣経験もある。そんな先生が、大学病院ではなく、当院を選んでくださったのだ」

「しかし……」

「自信がないのなら断るが、実際、肛門は温存できるかね」

「診てみないとなんとも言えません。でも……」

「先生、これは私からのお願いだ。ともかく一度、診てくれるかね」

言い方は穏やかだが、迫力がある。そしてそう言われると、従わざるを得ない自分がいる。この難問をこなしてやるという気持ちも芽生え始めていた。

「わかりました。その代わり、くれぐれも久米先生には院長からの指示であることをお伝えください」

「心配はいらない。では」

そう言うと院長はソファから立ち上がった。話はこれまでだという意味だろう。

立って一礼すると、部屋を後にした。

エレベーターに乗り、医局へと向かう。

静かなモーター音の中、考えずにはいられないのはやはり久米のことだった。どうやって嫌がらせを回避するか……。おそらくあの男は、手術の結果、人工肛門の造設になったらカンファレンスで嬉《うれ》しそうに馬鹿《ばか》にしてくるだろう。それくらいならいいが、途中で何かしら妨害をしてくることだって十分にありうる。まったく油断もスキもならない男なのだ。

悩みは尽きない。

ともかくその議員に会って、検査結果など詳しく見ねばなるまい。

＊

翌日の午後3時、外来にその患者はやってきた。

「若月六郎《わかつきろくろう》さんですね、どうぞおかけ下さい」

「若月です。先生、どうぞ宜《よろ》しくお願い致します」

ブルーの光沢のあるスーツに身を包んだその男性は、うやうやしくお辞儀をすると診察室の椅子に腰掛けた。背筋がピンと伸び、眼力がある。とても70歳代後半には見えない。低い声には張りもある。よく日焼けした顔の上にはわずかに白髪の混じったボリュームのある髪が、きっちりと7：3に分けられている。ストライプのワイシャツに、黒とグレーのレジメンタルストライプのネクタイを締めている。胸には金色の菊の文様の議員バッジを輝かせている。

続いて、40歳代くらいの女性も一緒に診察室に入ってくる。

「秘書の田中《たなか》でございます」

そう言って立っている。クリーム色の、体にぴったりとしたスーツは、いかにも秘書という感じだ。

「ああ、どうも。どうぞ、そちらの椅子におかけ下さい」

「ありがとうございます。立っておりますので、お気になさらず」

顔をちらと見ると、赤い唇が目に入る。妙に化粧が濃い。40代後半位だろうか。座ってくれないと落ち着かないが、しかたがない。

「私は外科の剣崎啓介と申します。よろしくお願いいたします」

深くなりすぎないよう気をつけつつ、頭を下げる。

「さっそくですが、院長の山極《やまぎわ》よりお話は伺っております。こちらの画像をご覧ください」

前の病院で行われた大腸カメラの検査結果を電子カルテのモニター上に出した。二人が身を乗り出してくる。ピンク色の小さい画像が30個ほど一気に画面上に現れた。

「こちらが若月さんの肛門になりまして、そのすぐ近く、ここに小さな盛り上がりがあるのがわかります。こちらの腫瘍《しゅよう》から、一部をつまんで取ってきたものを顕微鏡で見ると」

そう言いながら、病理診断結果をクリックする。顕微鏡写真と、病理医のコメントだ。

「その結果、癌細胞がありました。ですので、この腫瘍は癌だったということになります。ここまでは、ご存知ですか？」

「ええ、そう伺っております」

深く頭を下げる。

意外だった。院長の触れ込みではかなりの実力者のはずだが、その割には腰が低い。これまで出会った議員は、都議会議員や区議会議員だったが、ふんぞり返ったようなやつらばかりでいい思い出がない。若月くらい大物になると違うのだろうか。

「つまり病名は大腸癌、もっと専門的に言えばその中の直腸という部分にできたので、直腸癌ということになります。他の検査では、特に遠隔転移を示唆《しさ》する所見はありません。ですので、ステージは」

若月と秘書が再び身を乗り出した。

「0《ゼロ》からⅣ《よん》まであるうちの、Ⅰ《いち》だろうと思います」

「そうですか」

予想外に反応は大きくなかった。

「ということは、手術で取り切れる、ということでしょうか？」

「はい、取り切れますし、手術をすれば治る可能性が高いと考えられます」

ステージⅠでも再発する患者はゼロではないので、治ると断言はしていない。が、かなり危険性は低い。

「心電図検査などの検査結果も拝見しましたが、特に問題なさそうです」

そう話しながらマウスでCT画像を胸から順に見ていく。

「あれ。若月さん、昔タバコを吸っておられましたか？」

「ええ、恥ずかしながらけっこう吸っておりました。議員という生き物は喫煙が大好きでしてね、今は止めましたが」

両方の肺の構造が壊れ、なかなかの肺気腫《はいきしゅ》の所見がある。「ブラ」と呼ばれる、風船状に空洞になってしまったところもいくつかある。

「そうですか……。まあ大丈夫とは思いますが、肺だけ要注意です」

「わかりました。早くやめておけばよかった、面目ない」

聞き流しながらレントゲン画像も開く。肺に大きなブラがあるが、これくらいなら全身麻酔には耐えられるだろうし、これまでも問題はなかったので大丈夫だろう。

「検査はほぼすべて慈愛医大さんで終わっていますので、手術のご説明に移ろうかと思いますが」

ちらと秘書に目をやった。立ったまま、大きめの黒い手帳にメモをしている。

「通常ですとご家族に来ていただいてお話をするのですが、いかがいたしましょう」

「え、ああ」

若月は軽く振り返ると秘書を見た。目を合わせている。

「はい、こっちでいいです」

こっちでいい、とはどういう意味だろう。ここは突っ込んで尋ねるべきだろうか。いや、ややこしい事情があるかもしれない、やめておこう。

「わかりました。では、お話しします。手術の日程は3週間後、すでに山極がおさえております。入院は特別室で、手術の3日前ということでよろしいですね?」

カルテに院長秘書が記録した内容を見ながら確認した。一度、院長の外来にも来たのだろう。

「ええ、けっこうです。入る時だけマスコミに見られないよう、裏口から入らせていただきますが」

「承知しました」

　では、と言いながら朝準備しておいた手術説明書と同意書、そして白い無地の紙を引き出しから出す。手術の説明には、いつも手書きで絵を描くことにしている。どうしても言葉だけではわかりにくいからだ。

「手術には、お腹《なか》の臍《へそ》から下まで大きなキズをつける開腹手術と、1センチ以下の小さなキズを5、6ヶ所つける腹腔鏡《ふくくうきょう》手術の二つのタイプがあります」

　お腹の絵を二つ描き、傷をそれぞれ書き込んだ。

「こんな具合です。開腹は臍から恥骨《ちこつ》の上までまっすぐに20センチくらい、腹腔鏡手術は1センチまでの小さい傷を6個、こんな風に。昔はすべて大きな傷の開腹手術でしたが、最新の術式は腹腔鏡手術です。うちの病院では、腹腔鏡手術、つまり小さい傷だけの手術を採用しています。細長いカメラと手術器具を用いて、お腹の中で手術を行います」

　若月は眉間《みけん》に皺《しわ》を寄せ、剣崎の絵に見入っている。

「お腹の中で何をするかと言いますと」

　再びお腹の絵を描き、右下腹部からぐるりと腹部を一周する大腸の絵を描いた。そして大腸のゴール、つまり肛門のすぐ近くに赤で丸をつけ、「がん」と書き込んだ。

「人間の体はこういう風になっていまして、大腸は腹部をぐるりと一周回る形になっています」

続けて、血管とリンパ節を描き込む。腸を切るラインを二重線で二つつける。そして青い線で、取る部分を囲み、「取る」と書いた。

「そして、この青い線で囲んだ部分を取ります。取る時には、お臍の傷を少し大きくして、3センチくらいでやります」

紙の空いたスペースにもう一度腹部の図を描くと、癌ごと腸を切除し、残った腸同士を吻合《ふんごう》した絵を描いた。

「残った腸と腸をこんなふうに機械でつなぎ合わせれば、手術は終了です。ご覧のように、そんなに難しいことをやっているわけではありません。ここまではよろしいですか」

若月と秘書の田中は、真剣な面持ちで黙ったままうなずいた。

喉《のど》の奥で咳《せき》をする。

「そして、ここからが若月さんの手術の難しいところです。若月さんの病気は、肛門のすぐ近くにあるため切除をして吻合をすると、吻合部、つなぎ目のことをそう言いますが、そこが肛門と極めて近くなってしまいます。そうなると、一番心配な合併症である縫合不全《ほうごうふぜん》が発生してしまう可能性が高くなります」

「縫合不全、ですか」

若月は低い声で復唱した。事前に調べて知っていたのかもしれない。あるいは、慈愛医大の教授から説明を受けていたのかもしれない。

「はい。もしこれが起こってしまうと、人工肛門を作る再手術が必要になる可能性が非常に高くなります」

若月は表情を変えない。が、部屋の空気が一瞬にして動きを止めたのを感じた。なるほど、政界の荒波をくぐってきた歴戦の強者《つわもの》としても、それだけはなんとしても避けたいということか。だから慈愛医大からうちの病院に移ってきたのだ。

「そうでなくても、縫合不全が起こると予想されれば1回目の手術中に人工肛門を作る判断をさせていただくこともありえます」

一気にそこまで話すと、しばし間を置く。少しスピードが速かっただろうか。

重い沈黙が外来診察室に漂う。しかしここで口を開いてはいけない。

口火を切ったのは、メモを取る手を止めて聞いていた秘書の田中だった。

「あの……人工肛門について伺わせてください」

少し微笑《ほほえ》んで相槌《あいづち》を打つ。一番気にしているところだろう。

「はい」

「失礼を申し上げていたらすみません、剣崎先生にご執刀頂ければ、人工肛門はまず回避できると院長先生に伺っていたのですが」

院長はそんなことを言っていたのか。明らかに言いすぎだ。だが、自分の腕をそこまで買っているという証左でもある。プレッシャー以外の何物でもないが、やってやろうじゃないか。

「ええと、そうですね」

困ったな、と口にしかけてすぐに呑《の》み込む。

「もう少し説明を続けさせて下さい」

ここで軽々しい口調を用いてはいけない。

「先ほど申し上げたように、この手術は、腹腔鏡手術で行います。この方法は、細長い器具を使って、限定された動きだけで行うので、手術の難易度が高いのです。たとえるなら、食事をする時に普通の長さの箸《はし》ではなく長い菜箸を使うと食べにくいというようなものでしょうか」

このたとえはよく使う。とても伝わりやすいのだ。もっとも、腹腔鏡手術で使う鉗《かん》子《し》は菜箸よりも遥《はる》かに長く、手術時の操作は食事よりも難しい。

「なるほど」

感心した風に、若月が声を出した。

「そこで、数年前から始まった方法が、この細長い鉗子をロボットに手伝わせて動かすというものです。ロボット支援下の腹腔鏡手術と呼ばれています」

そこまで話すと、若月が少し笑った。

「ＨＯＫＵＳＡＩですな」

「そうです。ロボットの名前はＨＯＫＵＳＡＩと言います。よくご存知で」

「ええ、まあ、少し」

田中が口を挟んだ。

「若月は、ＨＯＫＵＳＡＩの許認可に少し関わっておりまして」

「余計なことを言うんじゃない」

静かな口調で一喝した。国会議員まで関わっていたのか、と驚いたが、そんなことは顔には出さない。

「先生、失礼いたしました」

穏やかにそう言うと、続きを、と目で促した。

「はい、我々は3年前にHOKUSAIを導入し、これまで約100件の手術を行って来ました。若月さんと同じような場所の直腸癌の方にも、多数執刀しています」

縫合不全のデータを言うか迷ったが、後回しにした。先に言ってしまうと、それ以降の話が耳に入らなくなってしまうだろう。

「従来の、つまりロボットを用いない腹腔鏡手術と比べると、ロボット支援下のこの手術は、プラス2時間ほど余計にかかります。その反面、出血量は少なく、合併症も明らかに少なくなっています。例えば術後の排尿機能、そして性機能ですね」

しかし二人は明らかに次の言葉を待っているようだった。

「そして縫合不全は、私の執刀ではまだ1例も起きていません」

「そうでしたか！」

田中の声がうわずった。若月の顔の緊張も解けている。

「ええ、幸い、ですが」

こんなもの、たまたま100例起こらなかっただけだ。次が縫合不全の1例目にならない保証は全くないのだ。そうは思うが、それでも患者の立場だと嬉しいのだろう。

「ですが、学会の報告ですと、HOKUSAIを用いたこの手術では、およそ4パーセントの割合で縫合不全が発生しています。当院でも、他の執刀医のデータも合わせればだいたい同じ頻度です」

もうその言葉は聞こえていないようだった。

直腸癌患者にとって、肛門を温存できるかどうか、つまり人工肛門になってしまうかどうかというのは最も切実な悩みだ。

人工肛門とは、腹の壁に穴を開け、そこに腸を貫かせて腹壁に固定し、そこから便を排泄《はいせつ》するというシステムだ。体表に出た腸にはパウチという特殊な袋を張り、便が漏れないようにする。人工肛門に特別なトラブルがない限りは日常生活は送れるし、仕事も出来る。セックスをすることも可能だし、温泉にも入れる。昔と違い、今ではオストメイト（人工肛門を持つ人）のための、パウチを交換したりパウチに溜《た》まった便を捨てるための設備がある多機能トイレもかなり増えてきた。そういう意味では、慣れてしまえば生活の質を極端に下げるというものではない。

人工肛門の対義語である自然肛門、つまり誰もが生まれ持っている肛門だって漏らしてしまうことはあるし、痛くなったり切れたりするトラブルはしばしば起こるのだ。

とはいえ、人工肛門が付くということを強く忌避する人は存在する。とにかく何が何でも人工肛門を回避したい。そう外来で訴える人には、正直悩ましい気持ちになる。

人工肛門という選択肢が生まれやすいのは、直腸癌の患者だ。50年前なら肛門から

10センチ以内に癌が発生すればすべて人工肛門となったし、30年前でも3センチ以内であればまず人工肛門だった。

近年になり、1センチでも肛門を温存し人工肛門を回避する術式が生まれたのだ。しかし、そういう患者の多くは手術後に頻便で悩むことになる。肛門近くを切除すると、肛門を締める筋肉が弱り、1日に何度もトイレに駆け込んだり、漏らしたりしてしまうこともあるのだ。その点では、人工肛門のほうが生活の質が高く保てるケースはある。

「若月さんの場合は、申し上げているように、腫瘍が肛門に近いのです。そのため、技術的には肛門を温存できて人工肛門を回避できたとしても、手術後に肛門機能が悪くなり、お通じが忙《せわ》しくなったり、もらしてしまうことがあるかもしれません」

「忙しい、とは、どの程度でしょうか」

「そうですね……多い人で1日7、8回トイレに行かれることもあります。場合によってはそれ以上のことも」

「そうですか……」

そうは口にしたものの、人工肛門をつけることはやはり初めから選択肢にないようだった。

「剣崎先生、わがままを申し訳ありませんが、それでも人工肛門には抵抗がありま す」

「わかりました」

この話はそれほど深追いするものではない。

「では、基本的には人工肛門は造設せずという方針で行きます。ただし、手術中の所見で腸の吻合が怪しかったり、縫合不全の危険が高いと判断したら、一時的人工肛門というものを作る可能性はあります」

「一時的、ですか？」

「はい」

それから一時的人工肛門の説明をした。一時的人工肛門とは、縫合不全を回避するために手術時に人工肛門を造り、半年間だけ人工肛門で生活をしてもらいその後人工肛門を無くす手術をする方針のことだ。

説明を聞いた若月は、「半年……」と言って深い溜め息をついた。

「くれぐれも、よろしくお願い申し上げます」

秘書が腰を折り、深く頭を下げる。若月も沈痛な面持ちで頭を下げた。

それから輸血の説明などを行った。同意書にサインをすると二人は退室した。

二人が去ったあとの外来診察室で、しばらく椅子に腰掛けたままぼうっとしていた。若月がこの日最後の予約患者だったので、ほかにもう来る患者はいない。

小一時間喋《しゃべ》り続けたおかげで、喉がひりついている。しかしそんなことは気にならないくらい、この手術の持つ独特の難しさが押し寄せている。

不安要素はいくつかある。が、この手術も必ず成功させてやる。これまでのHOKUSAIを使った俺のロボット支援手術なら、きっと肛門を温存できるだろう。あとは縫合不全が起こらないかどうかだ。通常であれば、一時的人工肛門を作ってもおかしくはない。作らずに縫合不全なしで行けるかどうか。

これまで通り、淡々とやるだけだ。

＊

〈鉗子をドッキングします〉

電話の自動案内のような女性の音声が流れ、大きな蜘蛛《くも》が脚を広げているような形をしたロボットのHOKUSAIが、上から手術台に降りてくる。手術台との一体型になるので、手術室の高さは必要だが、ドッキングのスピードは速い。HOKUSAIのような医療機器は手術支援ロボットと呼ばれ、第1世代と第2世代がある。HOKUSAIは第1世代を改良した第2世代のものだ。江戸時代の天才絵師、葛飾北斎《かつしかほくさい》にちなんで命名されているように、日本のメーカーが作ったものだ。他の手術支援ロボットはすべて海外製なのでアナウンスは英語だが、このマシーンだけは日本語ガイドを搭載している。

なぜこのHOKUSAIが導入されたのかは剣崎の知るところではない。が、海外製の手術支援ロボットが2億5000万円以上かかるのに対し、HOKUSAIは約7000万円で購入でき、それが大きかったのではないか。

朝9時50分。

他の手術室より少し広い、ロボット手術の専用手術室はよく冷えていた。

部屋の中央に置かれたベッドの上にはすでに麻酔のかかった患者の若月が横たわっており、若月のベッドの頭側には麻酔科部長の太田《おおた》、そして若月の両側には松島と荒井が立っている。特別な患者ということで、ベストメンバーを揃《そろ》える方針となり、はじめは外科医長の久米が助手に入る案もあったのだが、院長の差配で入らぬようにしてくれた。なにせ久米は外科医長だから執刀医ばかりで助手をほとんどやっておらず、助手がかなり下手なのだ。その上、口出しだけは激しく手術が滞るため、久米を助手にした手術はやりづらいなどというものではない。

久米がメンバーから外れてくれて本当に良かった。

手術室には他に看護師が二人、臨床工学技士の男が一人いた。

コックピットと呼ばれる、HOKUSAIを操るための画面つきの椅子に自分はいる。

部屋は同じだが、患者ベッドからは少し離れている。顔にはヴァーチャル・リアリティの3D映像を見せるゴーグルつきのヘッドセットを装着している。手にはロボット鉗子を動かすためのアーム、足もとには鉗子を切り替えたりするフットスイッチがいくつも並んでいる。まるでパイプオルガンの演奏者のようだ。

実際は音声認識で切り替えられるのであまり使わないのだが、それでも座るとたくさんのスイッチや操作ボタンに囲まれ、まさに飛行機のコックピットのようだ。マニュアルで設定は変更出来るのだが、メーカーはあえてボタンを多くしていると聞いた。

〈電気メスのモノポーラー、バイポーラー、ライゲーションシステムをセットしました〉

自分がつけているゴーグルには患者の体位、つまりどれくらい頭が下がったりベッドが傾いているかといったベッドの情報、鉗子がいまどこにあるか、アームの先端の温度は何度かなどの情報に加え、患者の血圧、心拍数、体温といった患者情報までが細かく表示されている。さらには、これは外科医にとっては嬉しくないこともある情報だが、手術が始まってからの時間、そして出血量も刻々と表示される。それらを目の端で捉《とら》えながら、患者の状態を監視しつつ手術をすすめるのだ。

外科医によっては、情報が多すぎるという者もいる。患者の状態はこれまでの外科医のスタイル通り、麻酔科医に一任すればいいという考えもある。しかし多くの情報を処理しながら手術するのが好きな外科医にとっては、この第2世代のモニターはたまらない。剣崎自身もその一人だ。

患者の腹についた臍の3センチの小さい傷から、まるで触手のように5本のアームが入っていく。うち1本はカメラだ。右の側腹部からは1本の助手用の鉗子が入ってきた。

「じゃ、始めるね。まっちゃん、荒井、よろしく」

ヘッドセットのマイクから声をかける。

「はいはいー」

松島は緊張感のない声で返す。術野の集音マイクも正常に作動している。

「よろしくお願いいたします！　頑張ります！」

荒井は気合満点だが、基本的にこの手術の荒井のポジションである第2助手がやることはほとんどない。

「HOKUSAI、両手を把持鉗子にして、ベッドを16度まで頭低位《ヘッドダウン》に、13度まで右低位《ライトダウン》に」

いつものことながら、あの、「富嶽《ふがく》三十六景」などの浮世絵を残した天才画家に指示を出しているようで、どうにも落ち着かない。

〈わかりました。ベッドが動きます〉

アナウンスと共に、ベッドがゆっくりと動いていき、若月の体が頭低位《ヘッドダウン》に倒れていく。ベッドにしっかり固定してあるので、体はびくともしない。直腸の手術ではこのくらいの体位が必要になる。

「OKや」

「了解」

ロボットのアームを動かしていく。

さあ、始めよう。ここからは、政治家も大会社の社長も関係ない。

はさむだけの機能を持った鉗子で、腸間膜をつまんで上に引っ張る。手前では腹部大動脈とそれから分かれる左右の総腸骨動脈がピク、ピクと拍動している。小指ほどの太さの右の総腸骨動脈のすぐ近くから、黄色い脂肪に電気メスを入れていく。

「ＨＯＫＵＳＡＩ、右手はモノポーラーね」

切り替えのときの、小さい鐘を鳴らしたような音が響く。

腹の中にある4本のアームとカメラは、原則すべて自分一人で操作をする。手は2本しかないので、必要に応じ動かすアームを切り替えながら手術をしていくのだ。フットスイッチでも切り替えられるが、音声でも切り替えてくれる。

フットスイッチを踏み、モノポーラータイプの電気メスを通電させて組織を切っていく。少し煙が上がるが、自動排煙装置であっという間に排気される。組織が焦《こ》げないよう、ただしきちんと焼けるよう切っていくのが大切で、そのためには適切に組織を引っ張る必要がある。第1世代のロボットは未発達で、なんと引っ張る力がわからなかった。業者は「モニターで見て、組織にどれくらい力が入っているかを判断してください」など無茶なことを言ったものだ。この第2世代になり、引っ張る力、専門的には圧覚が手にフィードバックされるようになった。よくもまあ、あんな原始的なロボットで執刀していたものだ、と今になっては思う。

〈血管が近づいています〉

ＨＯＫＵＳＡＩからアラート・ガイダンスが流れる。このロボットは、太めの血管が近づくとこのように注意を促してくれる。電気を流してその抵抗を測定しているのだとかいうメカニズムだが、よくは知らない。

アラート通り、白く拍動する下腸間膜動脈が出現した。この、径５ミリメートル程度の細い動脈でも、切ってしまうと顔にかかるくらいは血が吹き出る。昔、研修医の頃、開腹という懐古的な方法の手術のときに、一度見たことがある。執刀医が誤ってメッツェンバウムというハサミでこの動脈を切ってしまったのだ。一瞬で血が吹き出し、執刀医の顔にばっとかかったので驚いた。

こんなアラートなどなくとも、血管の位置など熟知している。この血管をこれまで何度、クリッピングして切ったのだろうか。野暮なアラートだが、まあ確認には良い。初心者にも有用だろう。

細い血管をむき出しにする。拍動する血管。大動脈から、大腸の左側と直腸に栄養を送っている血管。

「ＨＯＫＵＳＡＩ、右手をクリップに」

〈右手をクリップにしました〉

切り替えも速く、ストレスがない。まったく素晴らしい機械だ。

血管をクリップで挟む。残る側はもう一つ追加しダブルクリップ、そして取ってしまう側はクリップ一つだけ。

「HOKUSAI、右手をメッツェンバウムに」

〈右手をメッツェンバウムにしました〉

薄い刃のハサミであるメッツェンバウムが銀色に光り、クリップした間の血管を切る。切れ味もとてもいい。

手術はそれからも順調に進行した。

途中、荒井のかくいびきがヘッドセットから聞こえてきて、思わず笑ってしまった。すぐに松島の「コラ！　荒井！」という声で荒井は「はっ！　大丈夫です！」と起きたようだった。

この手術では、第1助手は1本の鉗子でガーゼの出しいれや組織を引っ張るなどの操作があるが、第2助手は退屈なのだ。無理もない。

「じゃあ、そろそろ直腸を切ろうかな」

「OK。かなり速いな」

松島に言われて画面の時計に目をやると、まだ113分だった。2時間足らず、ゆっくりやっている割にはとてもいいペースだ。まったく手術というものはいつも、急いでやると時間がかかり、ゆっくりやると早く終わる。

「じゃあステイプリング・ディヴァイダーを入れてください」

これは、両側を特殊な素材のホチキスのようなものでシーリングし、間をカッターが走る機械だ。腸の内容物は便なので、それが清潔な術野にまったくこぼれ落ちないように保ったまま腸を切断することができる。

「了解ー」

松島がアームを交換しようとした時だった。

アームの1本が急に動き出す。

「えっ！」

そう言った次の瞬間には、先端がハサミの形状になっているアームが震えながら奥に動き出す。

「危ない！」

ハサミ部分が、奥の組織ごと血管をちぎる。みるみる血が湧《わ》いてくる。

「なんや！」

「どしたのこれ！」

何があったというのだ。松島がアーム交換の操作を間違えた？　いや、まだアームは腹腔内から抜けてもいない。

「吸引《サクション》！」

松島が叫ぶ。言っている間にもどんどん血が溜まっていく。視界の半分が赤くなる。

急いでフットスイッチでカメラに切り替えると、カメラをバックさせ遠景にした。

カメラに血が付着してしまったら何も見えなくなり、手術の続行が不可能になる。

松島の入れた吸引管が勢いよく、血を吸っていく。

どうすればいい……。

フットスイッチでアームを切り替え、両手で鉗子を操り出血しているあたりを押さえにゆくが、ハサミのアームが邪魔でうまく出血点が見えない。

フットスイッチをハサミのアームに変更したが、今度はアームが動かない。

「ＨＯＫＵＳＡＩ！　右手をメッツェンバウムに！」

〈システムトラブルです　切り替えができません〉

「なにそれ……？　切り替えられない？」

そう呟《つぶや》いているうちにも、凄《すさ》まじい勢いで赤い鮮血が湧いてくる。噴いてはいないところを見ると、動脈ではなく静脈なのだろう。

「内腸骨静脈の本幹か！」

「せや！」

松島の意見も同じようだ。珍しく声がうわずっている。フットスイッチを蹴飛《けと》ばし、両手を鉗子に戻して操作する。コックピットの手が空を切る。

「ここか……ここを奥で押さえて」

静脈からの出血だとすれば、手前ではなく奥、中枢《ちゅうすう》ではなく末梢《まっしょう》から血が戻ってきていることになる。従って、出血点よりも奥を押さえなければ出血は止まらない。ひとまず出続ける血を止めなければ、数分で心停止になるレベルの出血量になってしまうだろう。

「麻酔の太田先生、すいません出血しています！」

反応はない。

「太田先生！」

外回りの看護師が声をかけた。どうやら先ほどの荒井同様、うつらうつらしていたようだ。無理もない、麻酔を一旦《いったん》導入してしまえば、なんの波もない手術だ。麻酔も退屈だろう。もうめったに麻酔をかけないが、今日は院長案件ということで駆り出されているのだ。引退間近の太田は、このところ疲れている様子だった。大声を出していたつもりだが、それでも起きなかったのだ。

「すみません、出ています！」

「あ、はいはい」

あまり慌《あわ》てる様子はなく、点滴のクレンメを開放してスピードを速めた。モニターには、血圧88／52、脈拍98と表示されている。血圧が下がってきている。

ズボボボ、という吸引音がヘッドセットから聞こえる。血は出続けている。

どうすればいい。血が止まらないのは、明らかに故障しているアームが邪魔だからだ。強制終了？　再起動？　いや、そんな時間はない。

「まっちゃん、このアームって抜ける？」

「やってみるわ！　荒井、こっち回って来い、吸引せえ！」

「はいっ！」

アームは血管に刺さっているのだろうから、抜いたらまたさらに大出血するリスクはある。しかし抜かないことにはどんどん出血がかさむ。やむを得ない。

「あれ、クソ、なんやこれ」

松島が色々やっている間にも、出血は続いている。コックピットでアームを動かし、さまざまな角度から血管を押さえようとするが、どうしても止まらない。

このまま止まらなければ、どうする……。

〈アームに当たっています〉

松島がアームを強制的に動かそうとしているのだろう、警告の音声が流れる。

「臨床工学技士《ME》は！　MEはおらんのか！」

「さっきお昼に行っちゃったので、呼びます！」

外回り看護師が電話をしている声が聞こえる。

松島が大声を出す。確かにロボットの操作についてはMEつまり臨床工学技士と呼ばれる専門職のスタッフが最も詳しい。しかしなぜこんなときに限って手術室を不在にしているのだろうか。手術中、外科医以外は昼食を取る。それは昔からだが、麻酔科医、看護師は必ず交代で人が来るような体制になっている。しかしうちの病院にはMEは多くない。他でも大掛かりな機械を使う手術をしていたら、交代要員はいつもいるとは限らないのだ。

この手術は院長案件なのだ、とあらかじめ告げておくべきだったのか。数日前にその考えが脳裏をよぎったものの、特定の患者をVIPと特別扱いするのはもともと好きではない。部屋が立派なだけで十分だろう。それが裏目に出てしまうとは。

止血のためのアイデアが浮かばない。それもそのはずで、HOKUSAIがこんな大きなトラブルを起こしたという報告は耳にしていない。これまでの手術でも急に動きが止まるくらいはあったが、腹の中で異常な動きをして血管を破綻《はたん》させてから止まるなど想定外である。いや、もしかしてあれは自分の操作ミスだったのか？　それとも松島のミス？　そんなことは今考えるべきではない。原因究明はあと、今は血を止めることだ。

「荒井、気腹圧を上げて」

気腹圧を上げる、つまり腹に入れている二酸化炭素の量を増やし、腹腔という一つの部屋の内圧を上げる。すると静脈の出血ならば弱まるだろう。代わりに空気塞栓《くうきそくせん》という、血管の中に空気が入り、それがどこかに飛んでつまるという恐ろしい合併症がある。しかし、この状況ではやむを得ない。

「えっ、気腹圧、ですね」

声がうわずっているのは、やり方がわからないからだろう。普段MEや看護師に頼りきりだから、こんなことになる。

「外回りかMEに聞け！」

「はい！」

代わりに答えたのは若い男のＭＥ、星出《ほしで》だった。まだ26歳と若いが、なかなか仕事のできる男だ。３人のパパだと聞いている。

MEが側にいるのは心強い。彼らは、外科医の何倍も手術関連の機械の知識を有している。

「星出くん、これ、アームが止まっちゃったんだ。復旧、できる？」

「見てみます！」

星出が呼んだのだろう。芳田《よしだ》という女性ＭＥも入室してきて、二人で話しはじめた。ロボットそのもののトラブルは彼らに任せるほかない。

その間にも血は止まっていない。再び、鉗子を動かして血管を押さえにいく。

「どうだ！」

少しは圧迫出来たようで、わずかに血が湧く勢いが弱まった。

「あかんな、アームは抜けへん」

画面には、血圧78／50、脈拍１０２と表示されている。まずい、血圧が下がって来ている。

どうする。このままコックピットで指示を出し、鉗子操作だけでなんとか乗り切るか。それか、ロボットは止めて開腹に切り替えてしまうか……。

「いま出血はいくつ？」

なぜか画面に表示されていないため、マイクで尋ねる。少し間を置いて、外回り看護師が「650……いや、700です！」と叫んだ。

700ミリリットル。この人はおそらく4000ミリリットルほど体内に血液があるだろうから、6分の1ほど出血したことになる。しかし、それくらいでここまで血圧が下がるだろうか。もしかすると肺が悪いという理由で、かなり点滴量を絞って麻酔管理をしていたのかもしれない。

「なんでアームが抜けんのや！」

「なぜか非常ロックがかかってしまっています」

星出が静かに答える。

「どうすればええんや！」

「先生、再起動が一番早いかと」

ロボットに付いているマイクが、術野の会話を拾っている。星出は冷静だ。やはり再起動しかないのか。しかしそうなると、再起動までの間はアームは全《すべ》て停止し、画面がブラックアウトするので腹腔内が完全に見られなくなる。危険な賭《か》けだ。

「再起動はどれくらいかかる？」

「1分以内にはいけます」

聞かれることを予想していたのか、星出が即答した。相変わらず有能だ。

迷う時間はない。

「再起動を！　荒井、吸引管の位置を変えず吸い続けろ！」

「わかりました！」

「はい！」

荒井と星出の声が重なる。

〈電源を切り、再起動します〉

アナウンスが聞こえる。

「これでダメなら開けるか？」

松島の声に答えようとした次の瞬間、ゴーグルが真っ暗になった。

暗闇《くらやみ》の中、すぐにウィーン、ガガガ、とロボットの作動音が聞こえる。あと何秒だ。待てるか。幸いこのロボットは、再起動するとアームたちはそのままのポジションから動くことはない。先ほどの血管の圧迫はそのまま保たれるから、おそらくいま大出血することはないだろう。

　手術中に再起動したのは初めてだ。暗い。3Dで見えるように、かなり密閉されたヘッドセットなので外光は全く入ってこないのだ。あまりに暗いので、ヘッドセットをむしり取りたくなる。

　落ち着け。どんなトラブルだって乗り越えて来たじゃないか。しかも術野には松島がいるのだ。何だって出来る。いざとなれば腹を開ければいい。

　大きく息を吐く。1秒、2秒、3秒……不思議と心は落ち着いてくる。

　状況を整理しよう。朝からのロボット支援手術で、若月の手術をしていた。俺はコックピット、術野には松島と荒井、器械出し看護師がいる。麻酔は太田部長だ。ほかに外回り看護師、MEが二人。ロボットの誤作動で出血し、出血を押さえようとしたら誤作動したアームが止まってしまっていて、そのせいで他のアームの可動域が悪く血を止められない。そうこうしている間に血圧が下がってきたので、MEに聞いたがシャットダウンしかないと言われ、いま再起動している。

　どこかに解決の緒があるはずだ、どこかに……。

　ヘッドセットの暗闇には一点の光も差し込まない。さっきはパニックになりそうになったが、じっくり考えるにはむしろ好都合かもしれない。

待てよ。

麻酔科、あの太田部長は大丈夫か？　だいぶ久しぶりの麻酔に違いない。しかもこんな危機的状況だと、麻酔科医の応援を頼むのが普通だ。しかし誰も来ていないのはどういうことだ。忘れているのか、部長のプライドか。迷わない。

「太田先生、輸血はいかがでしょうか。まだ出ると思いますので、赤血球やＦＦＰもお願い致します」

普段なら、こんなことは麻酔科の判断なので外科医から言うことはない。しかしこのような有事では、失礼も承知だ。輸血が必要となるとオーダーやルートの確保など色々な仕事が発生するので、応援を呼ぶかもしれない。

「ほほ、そうですな。看護師さん、ちょっと京子先生を呼んでください」

しめた、計算通りだ。しかも来てくれるのが京子なら、願ったりかなったりだ。

しかし、まだ再起動は始まらない。

他には何がある……必ずなにかあるはずだ……。

「まっちゃん」

「お、どうした？」

「他に血を止める方法ないかな」

「え？　せやな……」

松島の声がヘッドホンから聞こえる。今気づいたが、再起動中でもマイクだけは先に再開するようだ。こういう事態を想定して設計されているのだろうか。

松島が考えこんでいる雰囲気が、こちらのコックピットにまで伝わってくる。

「俺が末梢側を押さえてみよか」

なるほど、血を吸引してもらっている松島の手を、血管を押さえて止血する手に変えるという作戦だ。血を吸う音は続いている。

「うん、でもそうすると吸引《サクション》ができない」

「そんならもう1本ポート入れるか、荒井の方に」

ポート追加。こんな簡単なことを思いつかなかった。5ミリの傷を一つ増やしたところで、痛みもダメージも変わらない。

「それ行こう。画面が映ったら荒井側に5ミリポートひとつ追加して」

「ははっ！」

そう言っていると、キュイーンという音とともに画面に「ＨＯＫＵＳＡＩ」の字が浮かび、すぐに腹腔内の映像が映った。

「よし、戻った！　じゃあ荒井、入れて！」

既に荒井はメスで皮膚を切り、ポートを入れる準備をしていたようだった。フットスイッチでカメラを動かし、刺入部を見せる。ぐりぐりと入ってくるポートの尖《とが》った先端が筋肉と筋膜、そして腹膜を裂く。

「入りました」

「よし、じゃあ荒井が吸引して」

松島がパッと吸引管を荒井に渡し、松島は血管を押さえるためのロングツッペル、先端に球が付いた鉗子を入れた。

「ドラえもん、スタンバイＯＫやでぇ」

青い棒に先端の球という形状から、外科医はドラえもんと呼んでいる。

「ありがとう、じゃあ壊れてた鉗子が動くかどうかやってみる」

「たぶん行けると思います！」

ＭＥの星出が威勢のいい声を出す。

フットスイッチで止まってしまっていたアームに切り替えると、手をそっと動かしてみる。

「動いた！」

搭載されているスケーリング機能により、こちらで3ミリ動かすとアームは1ミリ動くのだ。

「おっしゃ！」「よしっ！」

誰のものかもわからない歓声が耳に入る。

「じゃあ荒井はサクション、まっちゃんは血管の末梢圧迫をスタンバイして」

落ち着け。一瞬血が噴き出るだろう。

その瞬間に血管を圧迫しなければならない。おそらく1秒くらいで血の海になり、どこが出血点でどれが血管かがわからなくなるに違いない。

落ち着け。

「行くよ、せーの」

先ほどまで停止していたアームをさっと動かす。やはり血管を裂いたまま圧迫していたようで、外すと一瞬で血が吹き出してくる。太い。松島の手が次の瞬間、静脈の奥を押さえる。しかし手の先より血管の径が太く、完全には押さえきれていない。

「厳しい！」

「俺も押さえる！」

急いでフットスイッチでアームを切り替え、松島の手のすぐ横で血管を押さえる。

「吸引《サクション》！」

荒井の持つ吸引管が急速に血を吸い出す。術野の血管や腸、腹膜が見えてくる。血の供給が止まったのか。

どうだ……。

「止まっとる！」

「おしっ！」

思わず、また叫んだ。

荒井の吸引管が、まるで掃除機のコマーシャル映像のようにそこらじゅうの血を吸っていく。次第に青白い静脈が顕《あらわ》になり、大きく裂けた穴も見えた。

「こら派手に空いとるな」

とりあえず出血は止まった。やっと一息がつける。次の手をここで考えるのだ。

「そうだね」

モニターには血圧が70／44と記載されている。

「出血、いくつ？」

モニターには出血量が表示されていない。まだ看護師が入力していないのだろう。

少し間が空いて、外回り看護師が答えた。

「800、いや、900くらいです！」

900ミリリットルの出血。HOKUSAI手術では初めてのことだ。いつもはほぼゼロから多くても20ミリリットルで終わっているのだ、このロボット支援手術は。術後にどう説明すればいいだろう。院長にも報告せねばならない。カンファレンスでは久米が嬉《うれ》しそうに何かを言うだろう。あの野郎……。

いや、そんなことはあとで考えればいい。

大きく息を吸い、マイクに拾われないように口の横からすうっと吐く。これで俺は落ち着くのだ。

「じゃあ、あとは血管を縫うよ。まっちゃんの手と俺のアーム1本でいま血管押さえられてるから、このままで。荒井、針と糸を入れてくれる？　5-0《ゴーゼロ》のモノフィラメントで」

「承知いたしました。5-0のモノフィラメントの、中で縫う針糸をちょうだい」

すぐに糸のついた針が入ってきた。

鉗子《かんし》で針を持ち、思い通りに動かして血管の大穴を縫っていく。今はカメラで大きく映っているが、実際は4、5ミリ程度の穴だろう。それでも血管の穴にしては大きいのだが。

1針、2針……。

こういう芸当は、ロボット支援手術でなければできない。ロボットのない腹腔鏡《ふくくうきょう》手術だと、極めて難しいのだ。まるで自分の手のように前後左右、ひねりも効かせられて、さらに関節可動域は人間よりもはるかに大きい、この動き。濡《ぬ》れた紫色の糸がきらりと光る。

しかし注意は必要だ。大きく縫いすぎると中の血流は途絶えてしまう。まあこの血管なら途絶えてもおそらく問題はないのだが、それでも内腔は保たれるようにして縫ってゆく。

3針縫ったところで指示する。

「じゃあちょっとまっちゃんの手、離してみてくれる?」

「OK」

血管を押さえていた松島の手が、ドローンの離陸のようにゆっくり離れる。続いて自分のロボットアームも離す。

すると、ちょろちょろと血が流れているのが見える。まるで山の岩肌に流れ出る湧き水のようだ。

「もう一針追加するわ」

ゆっくり慎重に縫い、糸を縛る。

血は止まったようだ。

大きく息を吐く。

「グッジョブや！」

「ナイスです！」

「ありがとう。とりあえず、止まったね」

肩のこわばりが緩んでいく。ようやく出血が止まった。しかしこんなアクシデントがあるとは。

「しかしありえんなぁ」

術野の松島の声も、明らかにさっきとは異なっている。

「北斎ちゃうやん、こんなん」

たしかに、これでは泉下《せんか》の葛飾北斎も怒るだろう。

「まあ、でもポート1本追加と1リットル出血で済んだから」

言いながら、そんなに出血してしまったのか、と思うが、仕方がない。

「荒井、けっこうサクション上手《うま》くなったね」

「はは！　とんでもございません！」

慇懃《いんぎん》な口調は相変わらずだが、荒井もほぐれてきている。ちょび髭《ひげ》の笑顔が目に浮かぶようだ。

「剣崎先生」

その時、いつの間にかコックピット横まで来ていたMEの星出が声をかけた。

「ちょっとよろしいですか」

「うん？」

突っ込んでいた顔を上げると、明らかに青ざめた顔をしている。

「実は、このアーム、先端の鉗子を制御する設定を誤っておりまして」

「え？　どういうこと？」

「先日、泌尿器科《ひにょうきか》の手術の時に誤作動があったので、設定を直していたのです。メーカーに聞いたら、MEサイドで変えられるとのことだったのですが……実は、その後検証のために誤作動のときの設定にしてしまっていたのです。それを直し忘れたまま……その……」

「今日の手術になっちゃったってこと？」

「申し訳ありません！」

星出は間髪入れずに頭を下げた。

剣崎は、一瞬気が遠くなるのを感じた。

なんということだ。設定のミスでこの患者は1リットルの血を失った。それだけではない。これだけの出血量であれば、術後に感染や縫合不全などの合併症を起こす危険が上がってしまう。人為ミスだったのか……。

患者の命をなんだと思っているのだ、と、怒鳴りつけたい衝動にかられる。次の瞬間、ぐっとブレーキがかかる。星出は解決のために、手術中に良い判断をしてくれた。いま叱《しか》ったところで何も解決はしない。まずはこの手術を安全に終えることだ。

そしてこの会話は、ヘッドセットのマイクを通じて手術室全員に伝わっているのだ。

返事をする代わりに、鼻から息を大きく吸うと、すぼめた口からゆっくり吐いた。

吐き切ったところで、泣きそうな顔の星出に笑いかけた。

「ドンマイ、とりあえず今は切り替えて手術に集中しよう。報告してくれてありがとう」

トラブルシューティングこそ、プロの腕の見せ所だ。ここでキレてはいけない。

「すみませんでした！」

ともう一度深く礼をすると、星出は手術室へと去った。

再びヘッドセットをつける。

「剣崎先生、頑張ってください」

あれ、この声は京子だ。まるで清涼飲料水のように感じる。

「ああ、京子先生、すいません。来てくださったんですね」

そう言えば、先ほど、応援に来てくれると聞いたのだった。

「太田先生、大出血してしまい申し訳ありません」

と彼女のボスに言うのも忘れなかった。

先ほどまでの手術室の空気が軽くなっていく。心なしか室温も上がっているような気がする。

「じゃ、さっさと終わらせましょう」

あとは直腸を切って、腫瘍《しゅよう》のある腸管を切除してつなぎ合わせるだけだ。一時間で終わるだろう。

「じゃあ、HOKUSAIのステイプリング・ディヴァイダーを入れて」

同じセリフを発したのが、遠い昔のような気がする。

お腹《なか》の中で、巨大なハサミのようなステイプリング・ディヴァイダーを動かし、腸を挟む。

「おし、じゃあまっちゃん、ちょっと直腸指診《ジギタール》してもらえる？」

「おお、準備しとったで」

松島が肛門《こうもん》から指を入れる。触診で、腫瘍を残していないかどうかを確認するのだ。

「うん、だいじょぶや」

「了解、ありがとう！」

〈腸管を切離します〉

そのアナウンスとともに、「イヨォー」という歌舞伎《かぶき》の声が聞こえる。外国人受けを狙《ねら》ったのだろうが、さすがに遊び心がありすぎな気もする。

ウイーンという作動音とともに腸管が切れた。

「おし、じゃあ一度ＨＯＫＵＳＡＩのアームを全部外して。リリースします」

アームとカメラが腹腔内から抜かれ、ふたたび天井に向かって上がっていく。上昇音は、「柝《き》」と呼ばれる歌舞伎の拍子木だ。ドッキングのときにこの音がしないのは、手術開始時の緊張を邪魔しない配慮だろうか。

ヘッドセットを外し、コックピットから出る。背中に汗をかいているのが分かる。一度手術室を出て手洗いをし、清潔なガウンを着て手袋をはめると、術野に参加した。

「おまたせ。では、臍《へそ》から腸管を出すね」

「すいません、ちょっと血圧が上がってこなくて……もう術野って出血止まってますよね？」

京子が頭側から術野に顔を出した。不安そうな目をしている。

「え、もう止まってると思いますが、もう一度見ますね。ちなみに血圧はいくつ？」

「一度90まで行ったんですが、今は80から上がらないんです。輸血も来たのでじゃんじゃん入れてるんですが……」

「結構出ちゃったからねえ、すいません」

言いながら荒井が手に持っている細長い30センチのカメラをもらい、先程の出血点を見る。やはり血は流れていない。

「出血は大丈夫そうですね。ちょっと待ちますか？」

「あ、それなら上がってくると思うので、先生方、続けていて下さい！」

まだ止血してそれほど時間が経《た》ったわけではない。急速に出たから、まだ輸血や輸液が間に合っていないのだろう。まあ、京子がいるのなら安心だ。

「ありがとう、上がらなかったらまた言って下さい」

手術を続行する。臍につけた3センチほどの傷から、肌色の腸をズルズルと引き出していく。さっきHOKUSAIで切ったラインのすぐ近くに、腫瘍らしき手触りを触れる。きっちり取れているようだ。

精神的な余裕が出てきたからか、手術室にけっこうな人がいることに、今さらながら気づく。さっき手洗いのために手術室を出入りしたときには気づかなかった。がやがやと、色々な声が聞こえる。麻酔科医、ME、看護師、よくわからない人たち……急変や出血がかさんだときには、いつも手術室はこんな雰囲気になるのだ。

「電気メス」

腸間膜と呼ばれる、腸に栄養を行き渡らせるための膜を電気メスで切っていく。

「2‐0《ニゼロ》」

血管は糸で結紮《けっさつ》していく。荒井がもたつく。

「ヘタクソ、代われ」

松島が糸を持つ。文字通り、目にも止まらぬ速さだ。これ以上速い結紮をする外科医はこの世に存在するのだろうか。

「荒井、もうちょい糸結びやらなあかんぞ」

「はっ！」

腸間膜を切り終え、次は腸を切る。

「PSI鉗子と直のペアン」

電気メスで腸を切る。じゅうじゅうと煙が立ち、独特の匂《にお》いがする。焼肉屋のホルモンと同じだ、と誰かが言っていた。

「すいません、やっぱり血圧があがらなくて……もう一度見てもらえます？」

申し訳なさそうに京子が顔を出す。

「ええよええよ、京子ちゃんが言うなら何度でも」

「松島先生、わたくしに対するよりずっとお優しい雰囲気ですが」

「るさいわ！」

松島は京子がいるからか、ご機嫌だ。荒井も楽しそうに助手をしている。

再びお腹にガスを入れてふくらませる「気腹」をし、カメラを入れて出血したあたりを見る。血は出ていないし、たまってもいない。

「大丈夫ですね、こちらは」

「そうですか、承知しました」

やや京子の声が曇っているが、気にせず続けよう。

手術中の血圧や呼吸状態などの全身管理は、麻酔科に任せるに限る。本来、外科医のような素人《しろうと》が口を出すべきではないのだ。

ゼリーだらけの、スリムなきのこのような形の器具を腸管に入れ、太めの糸で縛る。この糸が緩むだけで縫合不全は必発となるのだ。そのせいで縫合不全から汎発性《はんぱっせい》腹膜炎になり、危うく死にかけた医長執刀の患者はまだ60だったか。ぐっと締める。

このあたりの手順は完全に自分の中では自動化しているから、何も考えなくても手が動く。これまで何百回もやってきたのだ。人間は歩行という複雑な動作をする時いちいち脳から信号を出さずに、脊髄《せきずい》のコントロールセンターが担当するという。この手順も、歩行ほど難しい動きではないが、ものを考える大脳新皮質はほぼ使わずにやれるようになるのだろう。このような複雑な手術の手技が、単純作業の積み重ねになったのは外科医何年目になってからだろう。

「じゃあ、まっちゃん肛門から入れてもらってもいい？」

吻合《ふんごう》は、肛門から入れたヤリ型の器械と、腸に入れた細長い筒のような器械をドッキングさせて行う。

それにしてもさきほどの出血は色々な意味で危なかった。あんな大血管だらけの微細なところで誤作動が起きるなんて……第1世代のロボットでも、手術中のトラブルはよく起きていたけれど、あんなに恐ろしいことは一度もなかった。国産だからと安心していたが、日本の技術力などもはや過去の神話なのだろうか。あれでよく何千万円も取れるものだ……。

「じゃあクローズしていって、うん、締めて下さい」

口側の腸と肛門からの腸が、まるで宇宙ステーションに合体するスペースシャトルのようにゆっくりと近づいていき、ついに接着した。

「これで完全クローズや」

「はい、じゃ30秒待ちましょう」

あの秘書への説明はどうすればいいのだろう。よりによってこういう面倒な人に限って、こんなことが起きるとは。院長への報告も大変そうだ。これだからこういう特殊な患者の担当は嫌なのだ。

「じゃあ、行きます。せーの、ファイヤー！」

「ファイヤー！」

松島が吻合器をぐっと握りこむタイミングで、手術室にいる全員が声を出した。麻布中央病院の外科では昔から習慣としてこれをやっている。初めて見た時は驚いたが、慣れてしまうと、叫ばなければ気持ちが悪いほどだ。やっている病院は実はけっこう多いと学会で聞いたことがある。

バキッという音がして、腸と腸がつながった。このファイヤーにはかなりの握力が必要で、しっかり握り込めないとミスファイヤーと言って縫合不全になってしまう恐ろしい手技だ。女性外科医には難しい。だから日本の消化器外科医の99パーセントは男なのかもしれない。

「剣崎先生、すみません」

みたび京子が声をかけてきた。

「ちょっと血圧が下がってきてしまって」

努めて穏やかに言っているが、先ほどより明らかに切迫感がある。手を止めて聞いた。

「いくつぐらいですか？」

「あれからまだ上がらず、いま収縮期血圧が50台なんです」

「50台？」

それはまずい。別のところから出血している可能性もある。

「もう一度腹の中を見ます！」

急いで臍の傷にプラスチック製の円盤のような蓋《ふた》をつける。ＭＥが送気のボタンを押すと、お腹が膨らんでゆく。

「スコープ！」

荒井がカメラを入れる。

「貸して」

こういう時は自分で見たほうが早い。ここまで大出血の可能性があるのは……。

その時、後ろから聞き慣れぬ声がした。

「下腸間膜動脈《IMA》の根部はどうだ」

手術着姿の院長が後ろに立っているではないか。いつ頃入ってきたのか。それさえ気づかないとは、どうやら今日の俺は余裕がないらしい。

「ありがとうございます」

言いながらカメラをＩＭＡの根部辺りに向ける。しっかりとクリップは付いており、出血はしていない。

「出血した、内腸骨のほうはどうかね？」

すでに大出血の報告を受けているのだろう。言われるがままに見に行く。しかし血が溜《た》まっている様子はない。

「出ていませんね」

麻酔科の方からアラームが鳴っている。

「すいません、なんかこんなときに気道内圧が上がっちゃって。気腹圧、少し下げてもらえますか？」

お腹にガスを入れてふくらませて行うこの手術では、胸に圧がかかり気道内圧が上がることがある。気道内圧が上がりすぎると肺に損傷が起きることがあり危険なのだ。ちらと麻酔側に目をやる。麻酔部長は黙ってシリンジを急いで動かし、ポンピングをしている。血圧をあげようと必死だ。

「出血はなさそうです。他になにか原因あります？　過鎮静になってるとか」

「いえ、そんなこともなさそうで……いまほとんど鎮静も切っています。昇圧剤も使い続けているのですが……」

まずい。原因はなんだ。

「いいから早く昇圧を」

院長が仁王立ちで大きな声を出す。が、そんなことは皆分かっているのだ。

「あ、やばい、かも」

京子が悲痛な声を上げる。

「44です。このままじゃアレストになっちゃう」

原因がわからず、じわじわと血圧が下がる。京子の言う通り、このままでは、短時間のうちに心臓が止まってしまうだろう。一体、何を行なえばいいのだ。

「まっちゃん、なんかな」

腕を組んで考えていた松島が呟《つぶや》くように言った。

「わからへんねん。なんやねん。やっぱりどこか出血してるとしか……」

仁王立ちで、しばらく麻酔器とモニターを睨《にら》みつけていた院長が突然叫んだ。

「聴診器を！」

「え？」

外回り看護師が妙な声を出した。

「いいから早く聴診器を貸しなさい！」

京子が麻酔科の聴診器を渡す。

なぜいま聴診器なのだ。一分一秒だって惜しいのだ。

院長は青い覆《おお》い布の中に入ると、患者の胸に聴診器をつけた。

数秒、沈黙が流れる。麻酔器のアラームが悲鳴のように響いている。

「これだ！　トロッカー持ってこい！」

「え？　トロッカーですか？」

トロッカーだと……？　まさか胸に刺すつもりか？

「そうだ、早くしろ！」

「院長先生……」

京子が声をかける。

「先生、聴診してみて下さい」

院長の促すままに、京子は患者の胸に聴診器をあてた。まずは右で2秒。そして左できっちり2秒。

「これは……緊張性気胸！」

「そうです。太田先生、この患者はなかなかひどい肺気腫《COPD》と大きなブラがありましたな」

「ああ、そう言えば……」

太田部長は忘れていたようだ。

「手術中の陽圧換気でおそらくブラが破れ、気胸になっていたのでしょう。そのまま徐々に肺がしぼみ、その圧が上がり心臓を圧迫する、つまり緊張性気胸になって血圧が低下している。胸の呼吸音は、右で全くしません」

そこまで太田が言ったタイミングで、看護師が細長い筒を手に走って戻ってきた。

「トロッカーです！」

「消毒はいらん！　手袋とメスを！」

MEが院長に滅菌手袋を渡すと、さすが腕の良さで知られた元外科医といった風で、あっという間に手袋をはめた。

「血圧、40です！」

京子が大声で告げる。

器械出し看護師が「メス、11番です！」と言って院長に渡した。

まさか、そのままいきなりトロッカーを刺すのだろうか。しかし時間はない。本来ならレントゲンで肺がしぼんでいるところを確認したいが、どんなに急いでも3、4分はかかってしまう。その時間でおそらく心臓が止まるだろう。それなら……。

しかし、もし診立てと違っていた場合、肺にもろに管が刺さってしまい、それが原因で気胸になってしまう。もしそうなれば、それ以上の手術続行ができなくなってしまうかもしれないのだ。

「レントゲンは……」

京子も同じことを考えたようだ。

「その時間はない！　責任は俺が取る！」

叫んだ割に、院長の顔は冷静だった。

「トロッカーも出しておけ！　覆い布をめくれ！」

言われるがままに覆い布をめくり、患者の胸を顕にする。

院長は患者の大きな胸を触ると、すぐに先端の尖った11番メスを刺した。1センチほど切っただろうか、血がにじむ。

「トロッカー」

直径が1センチほどの細長い透明の筒に、先端の尖った銀色の芯《しん》が入っているトロッカーを傷に当てると、一気に刺す。銀色の芯を少し抜き、更に5センチほど一気に入れ、芯をさっと抜いた。あっという間のことであった。

次の瞬間、ブシューっという音とともに空気が吹き出す。

「やったっ！」

叫んだのは自分だった。

管から空気が激しく噴出してきたということは、やはり緊張性気胸という診断で合っていたのだ。聴診だけで診断し、レントゲンも見ずに刺すとは……しかし時間はなかった。

「気胸用の水封つきのバッグを準備しなさい」

院長の声はもう、いつものトーンに戻っていた。管からは空気が漏れる音が続いている。

「血圧が上がってきました！　50を越えて、56、59、どんどん上がっています！」

京子が嬉しそうに声を上ずらせた。

「しかしよう刺したな……」

松島が小声で言った。院長には聞こえていなかったのか、

「これくらい診断できないでどうする。剣崎先生」

院長は、まっすぐこちらを見て言った。

「はい」

「先生は知っていたんだろう、患者の肺が悪いことを。外科医ならば、そこまで把握

して手術中にも考えるべきだ。むろん、麻酔科で気づくに越したことはないのだが」

「……申し訳ありません」

そうだ。俺が気づかなければならなかった。麻酔は最近臨床に携っていない部長がかけているのだ、そういうリスクも考えるべきだった。途中から来てくれた京子は、患者の術前の肺の状態をチェックする暇はなかっただろう。なにせ大出血していたのだ……。

そうか、出血による血圧低下で、緊張性気胸による血圧低下が覆い隠《マスク》されてしまっていたのだ。だから気づくのが遅れたし、血圧低下の原因として出血をしつこく考えてしまった。

「しかし、院長先生はどうして……お気づきに」

荒井がおそるおそる尋ねる。

「わからないかね、荒井君」

「はっ！　ありがとうございます！」

荒井が頭を下げる。

「気道内圧上昇のアラームだ。いくら気腹をし、頭低位にしているとはいえ、この内圧が高すぎる。出血とは関係がないはずだ。しかし出血はどう見てもない。それなのに急激な血圧低下は、手術と別のイベントを考えるのが妥当だ。麻酔科側も異変を感じていたはずだが」

「面目ありません」

いつの間にかポンピングをやめ、患者の頭側に来ていた太田部長が頭を下げる。

「例えば大動脈解離や心筋梗塞《しんきんこうそく》、あるいは肺塞栓や脳卒中などを考える。しかし、手術中にそれらが偶発的に起きるという稀《まれ》な可能性を考えるのはいささか無理がある」

院長は淡々と続けた。

「そこで、思い当たったのがこの患者の肺が悪いことだ。議員という生き物は、ろくでもないことにとにかくよくタバコを吸うからね。あのような大きなブラがあれば、手術中の陽圧換気で破裂しても理論上はおかしいことではない。そこに不可解な血圧低下だ。そこで緊張性気胸を疑い、聴診をしたのだ」

「血圧、また上がっています。90を越えました」

京子は申し訳なさそうに添えた。彼女が責任を感じる必要はないのに。

血圧がかなり上がってきた。看護師が、胸に入った管をバッグに接続している。

「荒井君、管をナートして皮膚に固定しておきなさい」

院長はそう言うと、部屋を出ていった。

「ありがとうございました」

背中に言ったが、振り返りはしない。

院長が気づかなければ、間違いなくあと数十秒で心臓が止まっていただろう。その後は心臓マッサージに移行しただろうが、蘇生《そせい》できなかった可能性は高い。

「まっちゃん、やばかったな」

「ああ、マジやばかった。院長、やるやん」

松島は悔しそうだ。

「そうだな。肺のこと気づけなかった、ごめん」

「ええって、俺も見とくべきやったわ。とりあえず、手術は終わろか」

それからは、若月の血圧は下がることなく安定していた。出血がないことをもう一度確認し、迷わず人工肛門を作成すると腹を閉じて手術を終えた。

手袋を外していると京子が声をかけてきた。

「先生、今日は本当に申し訳ありませんでした」

「いやいや俺こそ出血したし、肺のこと忘れていて本当に申し訳ない。先生は途中からヘルプで来てくれたんだから、気にしないで下さい」

「いえ、うちの部長もちゃんと把握していなかったみたいで……ＶＩＰだってことで麻酔を担当したようなのですが、麻酔科としてフォローできておらず、すみません」

相変わらず律儀《りちぎ》だ。夜はまたこのストレスを、どこかで発散するのだろうか。

「ともかく、レスキューできてよかった。院長に感謝だね。ストマは回避できなかったけど」

「そうですね！」

「じゃ、荒井あと見ててね」

「ははっ！」

なぜか誇らしげに胸を張る。

「あかん、俺もおるわ、一応。説明してき」

松島も残ってくれると安心だ。

「ありがとう、では。ありがとうございました」

そう言って、麻酔科医二人に外科医二人を残し手術室を出た。

ステンレスの分厚い自動ドアを一歩でる。手術は終わったのだ。

厳しい手術だった。長時間力が入っていたのだろう、背中と肩が鉛のように重い。

その重さが、今は心地よい。

さて、あの秘書に手術の説明だ。

勢いよくマスクをむしり取ると、早足でエレベーターホールへと向かった。

エピローグ

急ぎ足で、コンクリートむき出しのマンションの階段を降りる。カンカンと音が響く。犬の散歩をする男性を追い越し、一の橋の交差点を渡った。今夜の麻布十番駅前はあまり人がいない。

まだ濡《ぬ》れた髪が首筋に冷たい。この間銀座で買った白いシャツを着てきてしまったが、襟が濡れて変色しやしないだろうか。合わせた濃い色のジーパンは暑すぎず、この季節にはちょうどいい。

狭い階段を降りて扉を開ける。バー「The One」には珍しく、一番奥に女性のひとり客がいるのみだった。手前の席に座ってビールを飲んでいるのは、松島だ。うでまくりした水色のシャツに、白いパンツ、足もとは黒いサンダルである。

「おつかれ」

「おー」

その前の、少し汗をかいたグラスをみると、おそらく3杯目か4杯目なのだろう。いつも2杯くらいはグラスがぬるくなる前に、一気に飲み干す。

「ごめん遅くなっちゃって」

「ええよええよ、今日はお疲れさんやったからな」

どうしても家に寄って、シャワーを浴びてから来たい気分だった。

ほんのり顔を赤らめた松島は、背もたれによっかかり左手をだらりと下げている。

おしぼりを持ってきた尾根が、「ロック？ ソーダ割り？」と尋ねる。

少し迷って、

「ソーダ割りで」

と答えた。

すぐに尾根が持ってきてくれたウイスキー「竹鶴」のソーダ割りを、松島のグラスと合わせる。

「乾杯」

「乾杯。そんな気分じゃないけど」

言いながらソーダ割りを、口であまり滞在させずに喉《のど》に流し込む。乾いた粘膜に炭酸が心地よい。

「ふう」

松島はこういう時、絶対に口火を切らない。ただ黙ってビールを口にする。

尾根も奥の厨房《ちゅうぼう》スペースに入っているのか、このバーカウンターの空間にいるのは自分と松島、そして奥の女性だけだ。バイトの迫田は今日もいないらしい。ちらと目をやると、ドレッシーなベージュのワンピースに身を包んだ長い黒髪のその女性は、両肘《りょうひじ》を一枚板のカウンターについてロックグラスの中を眺めている。誰かを待っているのだろうか。

静かにジャズピアノの音が流れる。どこかで聞いたことがあるけれど、思い出せない旋律だ。たしか、なにかの映画の主題だったような……。

「今日は参ったよ」

そっとジャブを打つように、一言吐いてみる。

「んん」

松島は否定も肯定もしない。

「あのあと、結局ストマ作ってさ。麻酔から醒《さ》めたばっかりの患者さんに怒鳴られるなんて、初めての経験だよ」

「まあ、あれはストマ作らんとな」

そう、あれだけ大出血したのだ、腸のつなぎ目がうまくつながる保証は全然ない。常識的に考えて、あんなトラブルが起きたらストマを作るのは当然のことだろう。あんな

「でもさ、あの人、ストマ避けるために院長の伝手《つて》まで使ってうち来たのに。大出血までして輸血して、人工肛門《こうもん》だから」

自嘲的《じちょうてき》にならないように言ったつもりだが、松島は真顔で返した。

「しゃあないやろ、全部HOKUSAIのせいや。いや、星出くんか」

そう言いながらも、全《すべ》ての責任は執刀医の剣崎にある。そんなことは松島も分かっていながら、思ってもいないことを言う。

「いや、参ったね」

「ストマだって作らなどうせ再手術《リオペ》やん」

「ま、ね」

松島だけはわかってくれる。

「呑《の》もうや。尾根さーん」

松島は尾根を呼ぶと、「おかわり、じゃんじゃんお願いします」と明るく言った。

2杯目、3杯目と酒が進んでいく。奥の女性もずっと呑み続けている。

少しずつ血中に流れ込んだアルコールが体内を巡る。手足を弛緩《しかん》させ、胃腸を麻痺《まひ》させ、神経回路が張り巡らされた脳内の電気信号の伝達を遅延させる。これまで抑制していたものが、まるで大雨の日に放水されたダムのように溢《あふ》れ出てくる。始めは静かに、だんだんと大きな音を立てて。

「なんか、色々あるな」

「ん」

松島はいつもながら、ビールをうまそうに呑んでいる。

本当にいろんなことがあった。ここのところ、特に濃厚だったような気もする。でも、それらをいちいち引っ張り出してああでもないと検証するのも、気乗りしない。

「そういえばさ」

「ん？」

「荒井、屋上に詳しかったんだよね」

「ああ、それなんか言っとったわ。聞いてもないのに」

「なんて？」

「たまにオペがない日とか、屋上で昼寝しとったんやって。あんなところよう知っとったなアイツ」

二人で笑った。荒井は、どうにも憎めない。不器用な男だが、時間をかければ、いい医師になるだろう。

笑い声が収束すると、再びジャズピアノの音が二人の間を流れる。

思い出せそうで思い出せない。が、そうだ、実家の安っぽい目覚まし時計の電子音のメロディーと同じだ。たしか目覚まし時計の裏には、「白い恋人たち」と書いてあった。あれが曲名だ。たしか映画の主題歌でもあったはずだ、観《み》たことはないが。

「そういや稲田さん、まあまあええらしいで」

思い出したように松島が言った。

「え？　麻痺が？」

「なんでも、リハで少しずつ動いとるらしい。頑張っとるんや、稲田さん」

いつの間にか稲田に「さん」付けをしていることは指摘しないでおいた。

「そうなんだ。良かった」

自然と自分の口から出てきた「良かった」という言葉を、意外に感じる。あの場に自分がいたら、やはり吹田を受け止めただろう。そして脊損《せきそん》になっていたのだ。稲田と入れ替わっていたってなんの不思議もない。医者をやっていると、嫌というほど感じるこの事実。

ソーダ割りを、いつもより多めに飲み込んだ。喉が音を立てる。

「今日は来ないの？」

「誰？」

松島はとぼけている。

「京子ちゃん、奢《おご》らなきゃいけないのに」

「おお、そうやったな。それやったら院長にも奢らんとな」

「じゃあここ呼んじゃう？」

また二人して笑った。

これまでの十数年の外科医人生が、今日で終わる。明日からは、また新しい外科医人生が始まるのだ。

多くの外科医が、道の途上でメスを擱《お》いた。でも自分には、辞める選択肢はない。きっと、松島もそんな気はまったくないだろう。

これからも、辛《つら》いことはたくさんあるだろう。それが外科医という仕事だ。他の職業は知らない。自分は自分の目の前の仕事を、ただきちんとやるだけだ。少しずつすり減るのかもしれない。仲間は減っていくのかもしれない。それでも、俺はメスを持ち続ける。大丈夫、この相棒がいればどんなことでも乗り越えられる。

「なあまっちゃん」

「うん？」

「乾杯しようぜ」

「ええね。剣崎先生あのな、実は」

言いかけたその時、奥の席の女性がスマートフォンを手に話し出した。

「もしもし」

見た目の割に低い声が丸聞こえだ。

「え？　胃潰瘍《いかいよう》の穿孔《せんこう》？　わかった、すぐ行くわ。マスター」

すぐ出てきた尾根に千円札を何枚か渡すと、ストールを持って立ち上がった。

「マスター、ご馳走様《ちそう》」

コツコツとヒールを鳴らし、二人の後ろを歩くとドアを開けて出ていった。

「なんや、同業者かいな」

「珍しいね。さっき、何か言いかけなかった？」

「……ええわ。とにかく、乾杯や」

「じゃ、改めて」

二人のグラスは、小気味いい音を鳴らした。

あとがき

いつからだろうか。

目覚ましアラームが鳴らなくても6時には自然と目が覚めるようになった。隣では、昨夜遅くまで仕事をしていた妻が珍しくまだ寝息を立てている。スマートフォンで監視カメラのモニターを見ると、階下の息子はまだベビーベッド上で眠っている。

妻を起こさぬようそっとベッドから抜け出し、音を立てないようにして階段を降りる。築20年の貸家はしっかりとした作りで、みしりとも言わない。息をひそめてそっとトイレのドアを開ける。ほんのわずかな音でも、ベビーは起きてしまう。ひとたび起きると、言葉にならぬ大声でこちらを呼んでくるのだ。

昨夜は、手術の疲れからビールを2缶も飲んでしまった。そのせいか尿量は多く、なかなか終わらない。すっきりして手を洗い、しずかにドアを閉める。廊下の床はひんやりと冷たい。哺乳瓶《ほにゅうびん》に150ミリリットルぶんのミルクの粉を入れると、いそいそと部屋のふすまを開けた。

「おはよう、朝だよ」

「ギャー」

全力でのけぞる息子を落とさないよう抱き抱える。「ん、ん」言葉はまだわからないが、テーブルの上の江ノ電の模型を指差す。取って渡そうとすると、ぶんぶんと首を振る。今日はミニカーがお好みのようだ。

「きゅ、きゅ、た」

覚えたての単語で救急車を手に取ると、満面の笑みを浮かべた。

「そ、パパのお仕事な。じゃ、おむつ替えような」

そう言って広げたペットシーツの上に寝かそうとすると、大声で叫び暴れる。

「ほら、替えちゃお、先に」

まるでブレイクダンスのように、体をねじって逃げようとする。おさえながらズボンを脱がせると、温かい便臭が立ち込める。

「すぐ終わるから！　すぐね！」

お尻《しり》を拭《ふ》いていると、妻が階段を降りる足音が聞こえてくる。

さあ、今日も始まったばかりだ。

＊＊＊

窓の外を眺めていると、「ボー」と大きな客船の汽笛が耳に飛び込んできた。小高い丘の上にある中学校の校舎からは、横浜の港が一望できる。曇天《どんてん》の下《もと》、停泊している外国の大型船の向こうには、ゆっくりと動く真っ黒いタンカー。静かに煙をくゆらす工場の煙突。

まるでくつしたのような生地の、灰色のネクタイをすこし緩めて息をつく。教壇では物理教師がつまらぬ授業をしている。今日は雨が降るだろうか。なんとなく、サッカー部の部活が面倒だ。気乗りしない理由はわかっている。先週金曜日の部活で顧問の先生から「成績が学年170位以下の者は試合に出さない」と通告されたから。そんなことを言ったら、レギュラーのうち半分が出られないことになる。もちろん、自分も出られなくなる。控えのゴールキーパーで、週末の試合相手・宿敵栄光学園に勝てるとは思えない。

前の席のテニス部のやつは、いつも背筋をピンと伸ばして授業を聞いているくせに、成績は200番台だ。もう少し悪ければ退学になるってのに、いっこうに上がってこない。

「なあ、今日も行くだろ」

2限目が終わり、机の中に隠した弁当を食べているとSが話しかけてきた。

「いや、部活だから」

「だって雨だべ。行こうぜ、俺のふみちゃんに会いに」

Sは最近、駿台《すんだい》横浜校にいるフェリス女学院のふみという子にぞっこんなのだ。男子校だと、予備校くらいでしか異性との交流はない。とはいえ話しかけるわけではなく、ただ遠目に見ているだけだ。それに、僕を付き合わせるのだ。この恋が成就《じょうじゅ》するとは到底思えない。

「お前も行きてーんだべ？」

「まあ、ね」

午後になってSの祈りが通じたのか、大雨になり部活は休みになった。浮足立つSは京浜東北線ではしゃいでいる。

「今日こそ話しかけるべ」

「とかいって、無理なんじゃないの？」

「いや、ぜってえ頑張る！」

つられて声が大きくなる。大勢の人が立つ横浜駅に滑り込む電車が、警笛を一つ鳴らした。

＊＊＊

2件目の手術が終わったのは18時を過ぎたころだった。疲れ切った体を引きずりながら、顔をてからせた3年目外科医と病棟を歩く。「ごめん、今日はちょっと所用があって」そう言い残すと大急ぎで医局へ向かう。昼には雨はやんだというのに、途中の渡り廊下には、雨漏りのための青バケツが点々と3つ置かれている。

医局の一室に入ると、隣席の肝胆膵《かんたんすい》外科医は大きなヘッドホンをつけて論文を書いている。書類の積み上がった自分のデスクの前で紺色上下のスクラブを脱ぐ。リーバイスの濃い色のデニムにTシャツというかっこうは、「一番モテそうな気がする」という理由でお気に入りだ。ロンハーマンのカットソーを羽織り、花冷えの外に出る。早歩きしながら頭に浮かぶのは、1件目の手術の出血のこと。出血してばかりのボスをフォローするのが自分の仕事だが、今日のは危うく止められないところだった。暗い暗い谷底のような骨盤の奥深く、もし自分が助手でなければボスには縫えないだろう。俺は確実に成長している。そう考えると顔がほころぶ。

疲れ顔の男性、女性の間をぬって地下鉄駅の階段を駆け下りる。南北線に飛び乗り空いている席に座ると、ノートパソコンのマックブックエアーを開く。昨日、途中まで書いていたヤフーニュースの記事を続けるのだ。「うんこはなぜ茶色いのか」我ながらいいタイトルだと思う。キーボードを叩《たた》く音に、隣の壮年男性がちらと画面を見る。気にせず、打ち続ける。なにせ24分しかないのだ、麻布十番駅までは。

駅を降りると、4番出口へ足が自然と向かう。追い越しのできない一人乗り幅のエスカレーターがもどかしい。地上に出ると、待ち合わせだろうか。光沢のあるブルーのダブルのスーツにえんじ色のネクタイ、ポケットチーフに茶色いレザーのバッグを手にした男は、これからデートのようだ。妙に大きなカバンを肩から下げたグレーのパンツスーツの女性は、喫茶店で保険の勧誘でもするのだろうか。駅前商店街、二つ目の角を左に曲がる。階段を降りて、いつものバーへ。

「ごめん、お待たせ!」

* * *

「じゃあ、切り始めるね」

手元で操作しているロボットが、4メートル先の患者の腹腔内《ふくくう》で動き出した。しんと静まった朝10時の手術室には、患者の心拍数を示すモニター音だけがメトロノームのように響く。

使っているのは中指と親指の2本、それに両足だ。それで4本のアームを動かす。足でフットスイッチを押してアームを切り替えるのだ。高校時代、ドラムをやっていたことがこんなところで有効活用されるとは。

「助手の手、もう少し強く引っ張って。そう。上にまっすぐね」

今日の助手は、前の病院からもう7年も一緒にやっているKだ。4学年後輩のこの男、見る人が見ればなかなかの男前で、なで肩であることを除けば体も筋肉で引き締まっている。

「先生、子宮は釣り上げます？」

「ああ、忘れてた。まあ今日はどっちでもいいけどな」

「じゃあやりましょう。この患者さんは脂肪が多いんで、やれば展開がよくなります」

空気は読まないが、外科医としてはそれがいいときもある。

「うん、じゃあそっちで刺して」

返事をする代わりに、腹腔内に細いまっすぐな針が入ってくる。ロボットアームで受け取ると、両手でくるりと反転して針先を上に向ける。左足の甲で左側のボタンを蹴《け》っ飛ばし、もう一本の手に切り替える。その手で子宮をぐいっと摑《つか》み、持ち上げた。もう一度左足でボタンを蹴り、針を子宮に突き刺した。

「お腹から出るよ」

「はい……もらいました！」

マイクを通じて聞こえるKの声はやたらと大きい。手元の液晶パネルをタッチし、音量を下げる。

釣り上がった子宮のおかげで、直腸がすっきりよく見える。Kの言う通りだ。

「じゃあ始めます」

2本のアームで腸を持ち上げ、太鼓のようにぴんと張った黄色い膜を切っていく。これで何度目だろうか。体の後ろ側に固定されているS状結腸という臓器を、間を切って浮かしていく。ぐっと引っ張るが、このロボットには手に抵抗を感じる機能はない。ただ、視覚で補うしかない。少し切って、やさしく撫《な》でる。あわのような、網のような組織を、通電しながら切る。うねうねとミミズのように、自律的に動く尿管を下へ押しやる。

左足でボタンを蹴り、また3本目のアームに切り替えた。

「いい層ですね」

「ああ」

おべっかを使わないKが言うのだから、いいのだろう。少しお尻が痛んできた。あと3時間ほどはこのまま続けるのだ。一瞬、目をつぶる。

ふう、と息を吐くと、ふたたび両手を動かし始めた。

右手はハイハットシンバルをリズミカルに叩く。左手はスネアを四拍に一度。たまにシンバルに手を伸ばす。いつの間にかKは高校時代のバンドのベーシストになっている。手術台に横たわっている男は、手にマイクを持つボーカルだ。外回り看護師は、ギター二人だ。

「じゃ、もう一回やるべ」

変な黒いロングコートのギターが告げると、ボーカルが多すぎる前髪をかき分けた。

「じゃあ行くぜ。『エナメルの夜に』」

＊＊＊

これまで、無数の選択をしてきた。全部が正しかったとは思わない。明らかに誤りだった、というものもたくさんあった。でも、過去に戻って別の選択をしてみよう、なんて気にもならない。

手術を生業《なりわい》とする外科医になった。物書きの端くれにもなった。5年後はどこで何をしているのか、まったくわからない。それでいい。予測可能性の低さは、むしろ心を落ち着かせる。

100人を超える外科医と手術をしてきた。夢中で切り続けた15年だった。ある外科医とは強く反目し、またある外科医とは深い絆《きずな》で結ばれた。ひとりだけ、心から信頼し合いたい、命を預け合いたい外科医がいた。技術、知識、人間性すべて申し分のないすごい男だった。しかしどうしても出来なかった。タッグを組めばなんでも出来るはずだった。自分の身勝手さか、相手の狭量《きょうりょう》さか。いまとなってはわからない。あまりに無念だった。同期の外科医同士はうまくいかないものなのだ、と言い聞かせた。そして離れた。

そんな彼と、こんな関係を築けたら。永遠に叶《かな》うことのない思いを、剣崎と松島に託した。

ふたりを好きになってくれたとしたら、嬉《うれ》しいです。

本書は新潮文庫のために書き下ろされた。

俺《おれ》たちは神《かみ》じゃない

麻布中央病院外科

新潮文庫　な-109-1

令和四年六月一日発行
令和四年六月二十日二刷

著者　中《なか》山《やま》祐《ゆう》次《じ》郎《ろう》

発行者　佐藤隆信
発行所　株式会社新潮社
郵便番号　一六二―八七一一
東京都新宿区矢来町七一
電話　編集部(〇三)三二六六―五四四〇
読者係(〇三)三二六六―五一一一
https://www.shinchosha.co.jp

価格はカバーに表示してあります。

乱丁・落丁本は、ご面倒ですが小社読者係宛ご送付ください。送料小社負担にてお取替えいたします。

印刷・錦明印刷株式会社　製本・錦明印刷株式会社

ISBN978-4-10-103981-7 C0193